哈福

哈福

哈福

哈福

躺・著・背
西班牙語
單字1000

附QR碼線上音檔
行動學習・即刷即聽

陳依僑・Felipe Gei ◎合著

躺著聽・躺著學・輕鬆溜西班牙語

- 單字、句子、聽力密集特訓
- 分類記憶,記得快,記得多
- 迷你辭典,易背、易學、易說
- 1000單,就含蓋了85%會話必備單字

哈福

零基礎最佳入門書！

聽各行各業傑出人物在 TED 中的演講，是我每天的功課和習慣，其中令我最敬佩的，就是外語名師在 TED 的演講中提到：1000 單，就含蓋了 85% 會話必備單字。5 個方法、6 個原則，6 個月就能學會一種新的語言。好東西要和好朋友分享，在這裡特別推薦給有心想學外語的讀者。

你是不是常有這樣的困擾：

7000 單，10000 單，背了又忘，忘了又背，老是背不起來。

其實，你可以不用那麼累。記住外語名師在 TED 的演講，你真的可以躺著學，輕鬆說。

566 外語學習秘法即是：

5 個方法、6 個原則、6 個月快速溜西班牙語。

▌**學西班牙語是投資報酬率最高的第二外語**

「西班牙語」使用人口，佔全世界的第三名，僅次於中文和英文。在歐美地區，由於西班牙語使用人口眾多，所以，「西班牙語」往往成為他們學習外語時的第一選擇。

學會了西班牙語，你不但可以和南歐的西班牙人溝通，同時還可以和中南美洲西語系的眾多國家來往，一舉兩得，投資報酬率可說相當的高。尤其國人和中南美洲的許多國家，都有貿易上的往來，對許多人而言，學習西班牙語，更是拓展工作機會的必備技能，是刻不容緩的自我投資。

▌教你學單字，更讓你學會怎麼用單字

如果你是西班牙語初學者，在學單字的時候，最好同時學會該單字的例句。學單字累積自己的單字量，是學外語時的必經過程，但是累積字彙量，不是只知道單字而已，你必須清楚的知道單字的用法。

尤其西班牙語的單字，有陰性和陽性的區分，而單字在句子的表現，必須配合同屬性的冠詞、介詞等，因此，初學者在學西班牙語時，學單字最好同時也學會單字的用法。

基於幫助讀者更容易掌握單字的需求，本書除了介紹簡易的西班牙語單字外，每個單字都有附例句，讓你同時學習該單字的用法。書中的例句不僅實用，同時以西班牙相關的資訊造句，在學習造句的同時，還能吸收西班牙的重要訊息。

利用這些實用的造句，和西班牙籍的朋友聊天時，還能和他們一見如故，拉近彼此之間的距離。本書的單字和例句，絕對能成為你學習西班牙語的最佳基石。

▌優質線上 MP3 幫助你更輕鬆的學好西班牙語

本書附有優質線上 MP3，西班牙籍錄音老師會先示範兩次單字的唸法，先唸正常的速度，讓你熟悉西班牙語的速度，再唸一次慢的速度，讓你聽清楚單字的發音，然後會唸一次中文，告訴你單字的意思。緊接著老師會用慢的速度，示範造句的唸法，你可以跟著老師一起學說西班牙語。

如果你是自學者，在沒有豐富的學習環境時，善加利用有聲線上 MP3，可以讓你的學習事半功倍喔。

目◇錄

MP3-02

☑ **Esto**
這個（代名詞）

▶ ¿Qué es esto?
這是什麼？

☑ **Eso**
那個（代名詞）

▶ ¡Eso es!
就是那樣！

☑ **Éste/a**
這個（代名詞）

▶ ¿Es ésta tu maleta?
這是你的行李嗎？

☑ **Este/a**
這個（指示形容詞）

▶ ¡Dame estas manzanas!
給我這些蘋果。

☑ **Ése/a**
那個（代名詞）

▶ Lo que quiero es ése.
我想要的是那個。

☐ **Ese/a**
那個（指示形容詞）

▶ ¿Qué está dentro de esa caja?
那個箱子裡面是什麼？

☐ **Aquél**
那（較遠）（代名詞）

▶ Si aquél es tuyo, ¿cuál es el mío?
如果那個是你的，哪個是我的？

☐ **Aquel, aquello/a**
那個（較遠）
（指示形容詞）

▶ Por favor, abre aquel bolso.
請打開那個包包。

☐ **Aquí**
這裡

▶ Por favor, ¡no fumes aquí!
請不要在這裡抽煙。

☐ **Ahí**
那裡

▶ Ahí está el museo.
博物館在那裡。

☐ **Allí**
那裡（較遠）

▶ María está allí.
瑪莉亞在那裡。

☑ **Cuál**
哪個

▶ ¿Cuál es el tuyo?
哪個是你的？

☑ **Dónde**
哪裡

▶ ¿Dónde está María?
瑪莉亞在哪裡？

☑ **Cuánto**
多少

▶ ¿Cuánto quieres?
你要多少？

☑ **Cuándo**
何時

▶ ¿Cuándo salimos?
我們何時出發？

☑ **Quién**
誰

▶ ¿Quién es esta muchacha?
這個女孩是誰？

☑ **Cómo**
如何，怎樣

▶ ¿Cómo es la película?
那部電影如何？

☑ **Qué**
什麼

▶ ¿Qué es eso?
那是什麼？

☑ **por qué**
為什麼

▶ ¿Por qué no viniste ayer?
為什麼你昨天沒來？

☑ **Para qué**
為了（某一目的）

▶ ¿Para qué me dio tanto dinero?
他給我這麼多錢是為了什麼？

☑ **De qué**
是什麼（材料、顏色…）

▶ ¿De qué es la silla?
這張椅子是什麼做的？

MP3-03

☐ **La persona**
人

▶ Cada persona tiene su propio carácter.

每個人都有自己的個性。

☐ **La gente**
人（集合名詞）

▶ La gente de este pueblo es muy amable.

這個村子的人很和善。

☐ **Adulto/a**
成人

▶ La entrada de adulto cuesta 10 euros.

成人票是 10 歐元。

☐ **El hombre**
男人

▶ Este hombre es el marido de María.

這個男人是瑪莉亞的丈夫。

☐ **La mujer**
女人

▶ Esa mujer es la esposa de Felipe.

那個女人是菲力培的妻子。

☐ **El chico**
男孩

▶ Este chico es mi hermano.
這個男孩是我兄弟。

☐ **La chica**
女孩

▶ Esa chica es muy guapa.
那個女孩很漂亮。

☐ **El muchacho**
男孩

▶ Juan es un muchacho amable.
胡安是個友善的男孩。

☐ **La muchacha**
女孩

▶ Pilar es una muchacha tímida.
比拉是個害羞的女孩。

☐ **El niño**
小男孩

▶ Este niño es el hijo de María.
這個小男孩是瑪莉亞的兒子。

☐ **La niña**
小女孩

▶ Aquella niña es la hermana de Pepe.
那個小女孩是培培的妹妹。

☑ **Chaval/a**
小子，小夥子

▶ ¡Chaval, ven aquí!
小子，到這來！

☑ **Todos**
所有人

▶ Todos están contentos.
所有人都很高興。

☑ **Yo** (tú, él, ella, usted ...) **mismo/a**
我（你，他，她，您.....）
自己

▶ Puedo hacerlo yo mismo.
我可以自己來。

☑ **El cumpleaños**
生日

▶ Hoy es mi cumpleaños.
今天是我的生日。

☑ **El nombre**
名字

▶ Mi nombre es María.
我的名字叫瑪莉亞。

☑ **El apellido**
姓

▶ Mi apellido es López.
我姓羅培茲。

☑ **Casado/a**
已婚

▶ Juan está casado.
胡安已經結婚了。

☑ **Soltero/a**
單身

▶ Pepe es soltero.
培培是單身漢。

☑ **Extranjero/a**
外國人

▶ Esta es la ventanilla para los extranjeros.
這是外國人專用窗口。

☑ **Amigo/a**
朋友

▶ Mis amigos me ayudaron mucho a superar las dificultades.
我的朋友幫我度過難關。

☑ **Compañero/a**
同伴（同學、室友…）

▶ Pasé las Navidades con mis compañeros.
我和室友共度聖誕節。

☑ **Novio/a**
男（女）朋友、新郎
（新娘）

▶ María conoció a su novio en una fiesta.
瑪麗亞是在一場宴會中認識她男朋友的。

☑ El marido
丈夫

▶ Mi marido siempre cena en casa.
我丈夫都在家吃晚飯。

☑ Esposo/a
丈夫／妻子

▶ La esposa de ese millonario es una joven rubia.
那位富豪的妻子是一個年輕的金髮女孩。

🔘 MP3-04

☑ La mano
手

▶ Me lavo las manos.
我洗手。

☑ El dedo
手指

▶ El niño chupa sus dedos.
小孩吸吮手指頭。

☑ La uña
指甲

▶ Voy al salón de belleza para tener las uñas pintadas.
我上美容院去擦指甲油。

☑ El pie
腳

▶ Tiene buenos pies.
他的腳力很好。

☑ **La cara**
臉

▶ María tiene una cara fina.
瑪莉亞的臉很細緻。

☑ **La cabeza**
頭

▶ Juan tiene una cabeza redonda.
胡安的頭很圓。

☑ **El pelo**
頭髮

▶ Me gusta pelo corto.
我喜歡短髮。

☑ **El cabello**
頭髮（一根根或全部）

▶ Encontré un cabello en la sopa.
我在湯裡發現一根頭髮。

☑ **La oreja**
耳朵

▶ Los elefantes tienen orejas grandes.
大象的耳朵很大。

☑ **El ojo**
眼睛

▶ María tiene los ojos azules.
瑪莉亞的眼睛是藍色的。

☑ **La nariz**
鼻子

▶ Pepe tiene una nariz chata.
培培有個塌鼻子。

☑ **La boca**
嘴巴

▶ María tiene una boca grande.
瑪莉亞的嘴巴很大。

☑ **El diente**
牙

▶ Mariá tiene los dientes muy blancos.
瑪莉亞的牙齒很白。

☑ **El estómago**
胃

▶ Me duele el estómago.
我胃痛。

☑ **El cuerpo**
身體

▶ Me duele todo el cuerpo.
我全身都痛。

☑ **El brazo**
手臂

▶ La mujer tiene en sus brazos el niño.
女人懷裡抱著孩子。

☐ **La pierna**
小腿／腿

▶ María tiene las piernas largas.
瑪莉亞的腿很長。

☐ **El muslo**
大腿

▶ Comí un muslo de pollo.
我吃了一隻雞腿。

☐ **La edad**
年代、年紀

▶ La tercera edad.
老年。

☐ **La salud**
健康

▶ Su estado de salud no le permite estudiar mucho.
他的健康狀況不允許他太用功。

☐ **La familia**
家庭／家人

▶ Mi familia siempre me apoya.
我的家人總是支持我。

☐ **Abuelo/a**
祖父母、外祖父母

▶ Mis abuelos ya se murieron cuando nací.
我出生的時候我的祖父母就都過世了。

☑ **El padre**
父親

▶ El padre trabaja para mantener a la familia.
父親為了養家活口而工作。

☑ **La madre**
母親

▶ La madre ama a todos sus niños.
母親愛她所有的小孩。

☑ **Hermano/a mayor**
哥哥／姊姊

▶ Los hermanos mayores deben cuidar a los menores.
哥哥姊姊應該照顧弟弟妹妹。

☑ **Hermano/a menor**
弟弟／妹妹

▶ Mi hermanito menor me ayudó a limpiar la casa.
我小弟幫我打掃房子。

☑ **Tío/a**
叔叔、舅舅／
姑姑、阿姨

▶ Mi tío va a casarse con su novia.
我叔叔要跟他女朋友結婚。

☑ **Suegro/a**
公公、岳父／
婆婆、岳母

▶ Los suegros son padres del esposo.
公婆是先生的父母。

☑ **Cuñado/a**
連襟／姻親（姐夫、
妹夫、弟媳、妯娌…）

▶ Mi cuñado es muy optimista.
我姐夫生性樂觀。

☑ **Hijo/a**
兒子／女兒

▶ Su hijo es médico.
他的兒子是醫生。

☑ **Nieto/a**
孫子／女

▶ Su nieto está enfermo.
他的孫子生病了。

MP3-05

☑ **Profesor/a**
老師

▶ El profesor nos mandó mucha tarea.

老師交代很多作業給我們。

☑ **Médico/a**
醫生

▶ El médico me sugirió que trabajara menos.

醫生建議我減少工作量。

☑ **Abogado/a**
律師

▶ Emplear un abogado me ha costado mucho dinero.

聘請一位律師花了我不少錢。

☑ **Conductor/a**
司機

▶ Ese conductor es muy simpático.

那位司機非常友善。

☑ **Secretario/a**
秘書

▶ Mi secretaria tiene mucha paciencia.

我的秘書很有耐心。

☑ **Camarero/a**
服務生

▶ El cliente llamó al camarero con un gesto.
客人用手勢示意叫服務生過來。

☑ **Estudiante**
學生

▶ Soy estudiante.
我是學生。

☑ **Enfermero/a**
護士

▶ La enfermera me puso una inyección.
護士替我打了一針。

☑ **Policía**
（la policía：總稱，
el policía：一個警察）
警察

▶ La policía siguió al ladrón corriendo.
警察跑著追小偷。

☑ **Bombero/a**
消防員

▶ Cuando llegaron los bomberos, el fuego ya estaba apagado.
消防隊抵達時，大火已被熄滅。

☑ **Mecánico/a**
技師

▶ Busco a un mecánico para examinar mi coche.
我要找個技師來幫我檢查車子。

☑ **Actor**
男演員

▶ El actor se murió del cáncer.
那位男演員死於癌症。

☑ **Actriz**
女演員

▶ Esa actriz va a casarse con el príncipe.
那位女演員將嫁給王子。

☑ **Cantante**
歌手

▶ María es una cantante famosa.
瑪麗亞是位有名的歌星。

☑ **Escritor/a**
作家

▶ Márquez es un escritor colombiano.
馬奎斯是位哥倫比亞籍的作家。

☑ **Cartero/a**
郵差

▶ El cartero no ha venido hoy.
郵差今天還沒來。

☑ **Cocinero/a**
廚師

▶ El cocinero de restaurante se fue para otro trabajo.
這間餐廳的廚師跳槽了。

☐ **Taxista**
計程車司機

▶ Charlaba con el taxista en el viaje.

我一路上跟計程車司機聊天。

☐ **Periodista**
記者

▶ Los periodistas a veces tienen que trabajar en lugares peligrosos.

有時記者必須到危險的地方工作。

☐ **Funcionario/a**
公務員

▶ Los funcionarios tienen un trabajo muy estable.

公務員的工作非常穩定。

☐ **Peluquero/a**
理髮師

▶ El peluquero me quemó el pelo.

理髮師把我的頭髮燙焦了。

☐ **Modelo**
模特兒

▶ Los modelos tienen que mantener una figura perfecta.

模特兒必須維持完美身材。

☐ **Religión**
宗教、信仰

▶ Este científico sólo tiene la religión de la ciencia.

這個科學家只信仰科學。

☑ **Católico/a**
天主教徒、天主教的

▸ La mayoría de los españoles es católica.

大多數的西班牙人是天主教徒。

☑ **Cristiano/a**
基督徒、基督教的

▸ La era cristiana

基督教紀元

☑ **Musulmán/ musulmana**
回教的、回教徒

▸ Los musulmanes no comen cerdo.

回教徒不吃豬肉。

☑ **Budista**
佛教徒、佛教的

▸ Algunos de los budistas son vegetarianos.

有些佛教徒吃素。

Chapter 4 國家

 MP3-06

☐ **El país**
國家

▶ España es un país democrático.
西班牙是民主國家。

☐ **El rey**
國王

▶ Don Juan Carlos es el rey de España.
璜卡羅斯是西班牙的國王。

☐ **La reina**
王后

▶ La reina es Doña Sofía.
王后是蘇菲雅女士。

☐ **El príncipe**
王子

▶ El rey tiene un hijo, el Príncipe Felipe.
國王有一個兒子，菲利培王子。

☐ **La infanta**
公主

▶ La hija del rey es la infanta.
國王的女兒是公主。

☑ **El presidente**
總統

▶ El presidente de ahora es José María Aznar del P.P.
現任總理是民眾黨的阿司納。

☑ **La región autónoma**
自治區

▶ Hay 15 regiones autónomas en España.
西班牙有十五個自治區。

☑ **La capital**
首都

▶ Madrid es la capital de España.
馬德里是西班牙首都。

☑ **El partido**
政黨

▶ El partido gobernante es el Partido Público.
執政黨是民眾黨。

☑ **El voto**
選票

▶ Cada adulto tiene un voto.
每位成人都有一票。

☑ **El alcalde**
市長

▶ El alcalde es el gobernador de una ciudad.
市長是一個城市的首長。

Chapter 5 街道

 MP3-07

☑ **La región**
區域

▶ ¿En qué región vives?
你住在哪一區？

☑ **La calle**
街道

▶ Sigue esta calle.
沿著這條街走。

☑ **El lugar**
地方

▶ Gira a la derecha aquí.
在這裡右轉。

☑ **La empresa**
公司

▶ La empresa está cerrada a las nueve de la noche.
公司晚上九點關門。

☑ **El cine**
電影院

▶ El cine está enfrente del banco.
電影院在銀行對面。

☑ **La cafetería**
咖啡廳

▶ Nos veremos en la cafetería.
我們在咖啡廳見。

☑ **El banco**
銀行

▶ Voy al banco a sacar dinero.
我去銀行領錢。

☑ **El parque**
公園

▶ Vamos a pasear en el parque.
我們去公園散步。

☑ **La comisaría de policía**
警察局

▶ El niño perdido está en la comisaría de policía.
走失的小孩在警察局。

☑ **La embajada**
大使館

▶ Se solicita visado en la embajada.
在大使館可以申請辦簽證。

☑ **Los almacenes**
百貨公司

▶ El Corte Inglés es uno de los almacenes más populares en España.
英國宮百貨是西班牙最受歡迎的百貨公司之一。

☑ **El hospital**
醫院

► Tienes que llevar los heridos al hospital.

你必須將傷者送到醫院。

☑ **El supermercado**
超級市場

► Mi madre siempre va al supermercado para comprar algo.

我媽媽都在超市買東西。

☑ **El mercado**
市場

► Se venden todos tipos de comidas en el mercado.

市場裡有賣各種食物。

☑ **La panatería**
麵包店

► Voy a la panadería a comprar unos cruasanes.

我去麵包店買些可頌麵包。

☑ **La carnicería**
肉舖

► El dueño de la carnicería me regaló una salchicha.

肉舖的老闆送我一根香腸。

☑ **La librería**
書店

► En esta librería se venden muchos libros del arte.

這間書店賣很多藝術書籍。

☐ **La iglesia**
教堂

▶ Celebraron su boda en la iglesia de su aldea.

他們在村子裡的教堂舉辦婚禮。

☐ **La catedral**
大教堂

▶ La catedral de León es de estilo gótico.

雷昂大教堂是座哥德式的大教堂。

☐ **El palacio**
皇宮

▶ En el palacio hay muchas decoraciones lujosas.

皇宮裡有許多華麗的裝飾。

☐ **El museo**
博物館

▶ No puedes dejar de visitar el Museo del Prado.

你不能錯過參觀普拉多博物館的機會。

☐ **El centro de la ciudad**
市中心

▶ Fuimos de compras al centro de la ciudad.

我們到市中心購物。

☐ **La plaza**
廣場

▶ Muchos turistas visitan la Plaza de España de Sevilla.

許多觀光客造訪塞維亞的西班牙廣場。

MP3-08

☑ **El bar**
酒吧

▶ Las tapas de ese bar son deliciosas.
那間酒吧的小菜很美味。

☑ **La discoteca**
舞廳

▶ Se vende vino en las discotecas.
舞廳裡有賣酒。

☑ **La farmacia**
藥房

▶ ¡Cómprame la aspirina cuando pases por la farmacia!
如果你有經過藥房的話，幫我買阿斯匹靈。

☑ **El dolor**
疼痛

▶ Tengo mucho dolor de cabeza.
我頭很痛。

☑ **La gripe**
感冒

▶ La gripe es contagiable.
感冒是會傳染的。

☑ **El fiebre**
發燒

▶ Tengo fiebre.
我發燒了。

☑ **La medicina**
藥品

▶ Puedes comprar medicinas en la farmacia.
你可以在藥房買藥。

☑ **El hotel**
旅館

▶ Ritz es un hotel famoso.
麗池是間有名的旅館。

☑ **La tienda**
店舖

▶ Hay muchas tiendas en esta calle.
這條街上有很多商店。

☑ **El edificio**
建築物

▶ Este edificio tiene treinta pisos.
這棟建築物有三十層樓。

☑ **La biblioteca**
圖書館

▶ Voy a la biblioteca a devolver estos libros.
我要去圖書館還這幾本書。

☑ **El restaurante**
餐廳

▶ Ayer comimos en un restaurante buenísimo.
我們昨天在去一間很棒的餐廳用餐。

☐ **La entrada**
入口

► Los turistas están buscando la entrada del museo.
那些觀光客正在找博物館的入口。

☐ **La salida**
出口

► ¿Dónde está la salida?
出口在哪裡？

☐ **El ascensor**
電梯

► Subimos por el ascensor.
我們搭電梯上樓。

☐ **La escalera**
樓梯

► El subió por las escaleras.
他走樓梯上樓。

☐ **El mapa**
地圖

► El profesor nos enseñó un mapa de España.
老師拿了張西班牙地圖給我們參考。

☐ **El plano**
街市圖

► Los turistas usan el plano cuando visitan la ciudad.
遊客在市區觀光時使用街市圖。

MP3-09

☑ **La dirección**
方向

▶ Hay salidas en todas las direcciones.
在每個方向都有出口。

☑ **El este**
東

▶ El edificio da al este.
這棟建築物面向東。

☑ **El oeste**
西

▶ Ahora estamos en el oeste.
目前我們位在西邊。

☑ **El sur**
南

▶ Hace mucho calor en el sur de España.
西班牙南部天氣炎熱。

☑ **El norte**
北

▶ Llueve siempre en el norte.
北方常下雨。

☐ **Delante**
前面

▶ El restaurante está delante de la estación del tren.
那間餐廳在火車站前面。

☐ **Detrás**
後面

▶ El profesor está sentado detrás de ella.
老師坐在她後面。

☐ **Sobre**
在…上面

▶ El libro está sobre la mesa.
書在桌上。

☐ **Encima**
上方

▶ Escriba su nombre en el espacio de encima.
請將名字寫在上方的空白處。

☐ **Dentro**
在…之中

▶ Dentro de esta caja hay muchas cucarachas.
這個箱子裡有許多蟑螂。

☐ **Bajo**
在…下面

▶ El gato está bajo la cama.
貓在床底下。

☑ **Arriba**
在上面

▶ En el piso de arriba viven los López.
樓上住著羅培茲一家。

☑ **Abajo**
在下面

▶ Desde abajo el edificio parece alto.
從下面看，這棟建築物顯得很高。

☑ **Adentro**
在裡面

▶ Los niños están estudiando adentro.
孩子們在裡面讀書。

☑ **Afuera**
在外面

▶ ¡Afuera!
滾出去！

☑ **Fuera**
外面

▶ Fuera del aula no hay nadie.
教室外沒有半個人影。

☑ **La derecha**
右邊

▶ Gira a la derecha.
向右轉。

☑ **La izquierda**
左邊

▶ Los correos están a la izquierda.
郵局在左邊。

☑ **El lado**
旁邊

▶ Al lado del correo está la biblioteca.
圖書館在郵局旁邊。

☑ **Enfrente de**
在…對面

▶ Enfrente de la librería está el banco.
銀行在書局對面。

☑ **Alrededor**
（常用複數：
los alrededores）
周圍／附近

▶ Tienes que limpiar los alrededores de la casa.
你必須要清掃房屋四周。

☑ **Cerca**
近

▶ ¿Hay cabina de teléfono cerca de aquí?
這附近有電話亭嗎？

☑ **Lejos**
遠

▶ Mi casa está muy lejos de la escuela.
我家離學校很遠。

MP3-10

☑ **El tráfico**
交通

▶ No hay mucho tráfico a esta hora.
這個時候車流不多。

☑ **El coche**
汽車

▶ María acaba de comprar un coche nuevo.
瑪莉亞剛買了一輛新車。

☑ **La bicicleta**
腳踏車

▶ Daniel quiere una bicicleta para su cumpleaños.
丹尼爾想要一輛腳踏車當作生日禮物。

☑ **La motocicleta**
機車

▶ Me robaron la motocicleta.
我的機車被偷了。

☑ **El taxi**
計程車

▶ Voy al aeropuerto en taxi.
我搭計程車去機場。

☑ **El metro**
地鐵

▶ María va a su oficina en metro.
瑪莉亞搭地鐵上班。

☑ **El autobús**
公車

▶ La estación de autobús está en la esquina.
公車站就在轉角處。

☑ **El avión**
飛機

▶ No me gusta viajar en avión.
我不喜歡搭飛機。

☑ **El aeropuerto**
機場

▶ Voy al aeropuerto para recibir a mi amigo extranjero.
我去機場接我的外國朋友。

☑ **El barco**
船

▶ El barco naufragó por la noche.
船隻在夜裡失事了。

☑ **El puerto**
港口

▶ Los cargos ya llegaron al puerto.
貨物已經運抵港口。

☐ **La estación**
車站

▶ ¿Hay una cafetería cerca de la estación?
車站附近有咖啡廳嗎？

☐ **El tren**
火車

▶ El tren a Madrid sale a las nueve.
前往馬德里的火車九點開。

☐ **El andén**
月台

▶ Los pasajeros esperan el tren en el andén.
乘客在月台等火車。

☐ **El vagón**
車廂

▶ Este tren tiene 15 vagones.
這列火車有十五節車廂。

☐ **El billete**
票

▶ Se compran billetes aquí.
在這裡買票。

☐ **El sello**
郵票

▶ Por favor, ¡dame un sello de 1 euro!
請給我一張一歐元的郵票。

☑ **El sobre**
信封

► ¿Tienes sobres?
你有信封嗎？

☑ **La tarjeta postal**
明信片

► Compré muchas tarjetas postales en el viaje.
我在旅途中買了很多明信片。

☑ **El teléfono**
電話

► Llamé a mi madre por el teléfono.
我打電話給我的母親。

☑ **El número de teléfono**
電話號碼

► El número de teléfono al que usted llamó no responde.
您所打的電話號碼沒有回應。

☑ **El internet**
網際網路

► El uso del internet ya es muy común.
網路的使用已經很普及了。

☑ **El correo electrónico**
電子郵件

► Nos comunicamos por correos electrónicos.
我們用電子郵件通信。

MP3-11

☐ **La camisa**
襯衫

▶ José lleva una camisa blanca.

荷西穿了一件白襯衫。

☐ **La blusa**
女上衣

▶ Esta blusa verde te queda muy bien.

這件綠色的上衣很適合你。

☐ **El bolso**
女用手提包

▶ María compró un bolso de cuero.

瑪莉亞買了一個皮製的手提包。

☐ **Los zapatos**
鞋子

▶ Necesito unos zapatos negros.

我需要一雙黑鞋。

☐ **Los calcetines**
襪子，短襪

▶ Todos mis calcetines están rotos.

我的襪子全都破了。

☑ **El abrigo**
大衣

▶ ¡Ponte el abrigo antes de salir!

出門前先把大衣穿上。

☑ **La camiseta**
T 恤

▶ A Pepe le gusta mucho esta camiseta con dibujo de Pókemon.

培培很喜歡這件有口袋怪獸圖案的 T 恤。

☑ **La falda**
裙子

▶ La minifalda está de moda.

迷你裙正流行。

☑ **Los pantalones**
長褲

▶ Estos pantalones te quedan muy cortos.

這條長褲你穿起來太短。

☑ **Los pantalones vaqueros**
牛仔褲

▶ Pepe tiene muchos pantalones vaqueros.

培培有很多牛仔褲。

☑ **Las sandalias**
涼鞋

▶ María siempre lleva sandalias en verano.

瑪莉亞在夏天常穿涼鞋。

☑ **Los zapatos deportivos**
運動鞋

▶ Necesito unos zapatos deportivos para jugar al baloncesto.
我需要雙運動鞋來打籃球。

☑ **La bota**
靴子

▶ Compré unas botas largas en la rebaja.
我在特價時買了雙長靴。

☑ **El pañuelo**
手帕

▶ Pepe lleva pañuelos consigo.
培培隨身攜帶手帕。

☑ **El botón**
鈕扣

▶ Un botón de la camisa está perdido.
這件襯衫有一顆鈕扣不見了。

☑ **El bolsillo**
口袋

▶ María tiene su pañuelo en el bolsillo.
瑪莉亞把手帕放在口袋裡。

☑ **Las gafas**
眼鏡

▶ Se me cayeron las gafas en el suelo.
我的眼鏡掉地上了。

☑ **La cartera**
皮夾

▶ Me robaron la cartera.
我的皮夾被偷了。

☑ **La talla**
尺寸

▶ ¡Dame esta camisa de talla 40!
請給我這件襯衫的 40 號。

MP3-12

☑ **La hambre**
餓

▶ Tengo mucha hambre.
我好餓。

☑ **La sed**
渴

▶ Me muero de sed.
我渴死了。

☑ **El postre**
甜點

▶ A los niños les gustan los postres.
小孩都喜歡吃甜點。

☑ **El huevo**
雞蛋

▶ Quiero un huevo frito.
我要一個煎蛋。

☑ **El pollo**
雞肉

▶ Comí pollo asado a mediodía.
我中午吃烤雞。

☑ **La ternera**
牛肉

► No se come ternera en India.
在印度不吃牛肉。

☑ **El cerdo**
豬

► La carne de cerdo es más barata que la ternera.
豬肉比牛肉便宜。

☑ **El cordero**
羊肉

► El menú del día de hoy incluye un plato de cordero asado.
今天的每日特餐有烤羊肉。

☑ **La carne**
肉（集合名詞）

► La carne contiene mucha caloría.
肉的熱量很高。

☑ **El marisco**
海鮮

► Quiero una ensalada de mariscos.
我要一個海鮮沙拉。

☑ **El pescado**
魚肉

► A los niños no les gusta el pescado.
小孩不喜歡吃魚肉。

☑ **La leche**
牛奶

▸ Pepe tomó un vaso de leche en el desayuno.
培培早餐喝了杯牛奶。

☑ **La mantequilla**
奶油

▸ Con tomar tanta mantequilla, te vas a engordar.
吃這麼多奶油，小心變胖！

☑ **La mermelada**
果醬

▸ Quiero una botella de mermelada de fresa.
我要一罐草莓果醬。

☑ **La nata**
鮮奶油

▸ No me gustan los postres con nata.
我不喜歡有奶油的甜點。

☑ **La hamburguesa**
漢堡

▸ Los ingredientes de hamburguesa son ternera, pan y verduras.
漢堡的材料有牛肉、麵包跟蔬菜。

☑ **El pan**
麵包

▸ En España la gente come mucho pan.
在西班牙人們吃很多麵包。

☐ **Las verduras**
蔬菜

▶ Hay que comer muchas verduras todos los días.
每天吃青菜是必要的。

☐ **El jamón**
火腿

▶ Este jamón es riquísimo.
這種火腿美味極了。

☐ **El queso**
乳酪

▶ Hay mucho queso en esta lasaña.
這個千層麵裡加了很多乳酪。

☐ **El bocadillo**
長型三明治
（用法國麵包夾餡料所做的三明治）

▶ Pepe comió un bocadillo con jamón y queso.
培培吃了一個火腿起司三明治。

☐ **El azúcar**
糖

▶ Quiero café sin azúcar.
我的咖啡不加糖。

☐ **La sal**
鹽

▶ Echa un poco de sal en la sopa.
加點鹽到湯裡。

☐ **La pimienta**
胡椒

▶ ¡Páseme la pimienta, por favor!
請把胡椒遞給我。

☐ **El aceite**
油

▶ Se produce aceite de oliva en España.
西班牙生產橄欖油。

☐ **El vinagre**
醋

▶ Se echa aceite y vinagre en la ensalada.
在沙拉裡加油跟醋。

☐ **El té**
茶

▶ Quiero un té con limón.
我要一杯檸檬茶。

☐ **El café**
咖啡

▶ Un café con leche, por favor.
我要一杯牛奶咖啡。

☐ **La sopa**
湯

▶ "Gazpacho" es una sopa fría con verduras.
「Gazpacho」是一種蔬菜冷湯。

☑ **El cigarrillo**
香菸

▶ El padre de Pepe le mandó a comprar un paquete de cigarrillos.

培培的爸爸要他去買包菸。

☑ **El tabaco**
煙草

▶ Este tabaco es muy fino.

這種煙草很細緻。

☑ **El arroz**
米

▶ Los asiáticos comen mucho arroz.

亞洲人吃很多米。

☑ **La harina**
麵粉

▶ El pan está hecho de harina.

麵包是用麵粉做的。

☑ **El trigo**
麥子

▶ La harina de trigo.

小麥麵粉

☑ **El maíz**
玉米

▶ La tortilla mexicana es de harina de maíz.

墨西哥薄餅是玉米粉做的。

☑ La fruta
水果

▶ Naranja es una fruta con mucha vitamina.

柳橙是富含維他命的水果。

☑ El desayuno
早餐

▶ Pepe sólo comió galletas en el desayuno.

培培早餐只吃餅乾。

☑ La comida
(El almuerzo)
午餐

▶ Hoy, en la comida, tenemos un plato de salmón ahumado.

我們今天的午餐有一道煙燻鮭魚。

☑ La cena
晚餐

▶ Mi esposa prepara la cena todos los días.

我內人天天煮晚餐。

☑ La merienda
下午茶

▶ Tomo un café en la merienda.

我下午茶的時候喝了杯咖啡。

☑ La comida
食物

▶ ¿Qué es tu comida favorita?

你最喜歡的食物是什麼？

☑ **La bebida**
飲料

▶ ¿Qué bebida le apetece?
您要什麼飲料？

☑ **El zumo**
果汁

▶ Quiero un zumo de naranja natural.
我要一杯天然柳橙汁。

☑ **La limonada**
檸檬汽水

▶ La limonada es demasiado dulce.
這檸檬汽水太甜了。

☑ **La cocacola**
可口可樂

▶ Quiero una cocacola con hielo.
我要一杯加冰塊的可口可樂。

☑ **El helado**
冰淇淋

▶ Para el postre, quiero un helado de chocolate.
至於甜點，我要巧克力冰淇淋。

☑ **El hielo**
冰

▶ Se quedó de hielo cuando vió al asesino.
他看到兇手時都愣住了。

☐ **La galleta**
餅乾

▶ Compró medio kilo de galletas en la pastelería.
他在糕餅鋪買了半公斤的餅乾。

☐ **El pastel**
糕餅

▶ La receta de este pastel de manzana es de mi abuela.
這個蘋果派的食譜是我祖母傳授給我的。

☐ **La cerveza**
啤酒

▶ San Miguel es una cerveza de España.
生力啤酒是西班牙的啤酒。

☐ **El vino**
葡萄酒

▶ El vino de la Rioja tiene buena calidad.
里歐哈的葡萄酒品質極佳。

☐ **La sidra**
蘋果酒

▶ La sidra es más fuerte que el vino.
蘋果酒比葡萄酒烈。

☐ **El licor**
烈酒

▶ El coñac es un licor fuerte de Francia.
白蘭地是一種法國產的烈酒。

☑ **La tapa**
小菜

▶ Tomar tapas es una cultura particular de España.
吃小菜是西班牙的獨特文化。

☑ **El plato**
一道菜

▶ ¿Qué plato quieres?
你要吃什麼菜？

☑ **La propina**
小費

▶ No es necesario dejar la propina si no quiere.
如果不想的話就不必給小費。

☑ **La cuenta**
帳單

▶ ¡Dame la cuenta, por favor!
請給我帳單。

MP3-14

☑ **El piso**
公寓

▶ Mi piso está muy cerca de la estación de tren.

我的公寓很靠近火車站。

☑ **La casa**
房子／家

▶ Mi casa está cerca de aquí.

我家離這裡很近。

☑ **El jardín**
花園

▶ Tengo un jardín grande.

我有一個大花園。

☑ **El césped**
草坪

▶ Los niños juegan con el perro en el césped.

孩子們在草地上跟狗玩。

☑ **La sala de estar**
客廳

▶ Vamos a la sala de estar para tomar un café.

我們到客廳喝杯咖啡。

☐ **El garaje**
車庫

▶ Necesitamos un garaje.
我們需要一個車庫。

☐ **La puerta**
門

▶ ¡Abre la puerta!
開門！

☐ **El comedor**
餐廳

▶ Comemos en el comedor.
我們在餐廳用餐。

☐ **La piscina**
游泳池

▶ En verano las piscinas están llenas de gente.
在夏天游泳池裡都是人。

☐ **La cocina**
廚房

▶ Mi madre siempre se queda en la cocina.
我媽媽常常待在廚房裡。

☐ **La habitación**
房間

▶ Mi habitación es muy pequeña.
我房間很小。

☑ **El baño**
浴室

▶ ¿Puedo usar el baño?
可以借用浴室嗎？

☑ **La ventana**
窗戶

▶ ¡Cierra la ventana por favor!
請關窗戶。

☑ **La terraza**
陽台

▶ Vamos a la terraza para contemplar la luna.
我們去陽台賞月。

☑ **El techo**
天花板

▶ Hay una araña en el techo.
天花板上有隻蜘蛛。

☑ **El suelo**
地板

▶ El suelo está cubierto de basuras.
地上全是垃圾。

☑ **La pared**
牆

▶ Hay varias pinturas en la pared.
牆上掛了許多畫。

Chapter 11 居家用品

 MP3-15

☑ **La silla**
椅子

▶ Estas sillas son muy cómodas.
這幾張椅子很舒服。

☑ **La mesa**
桌子

▶ Tenemos una mesa de madera.
我們有張木桌。

☑ **El sofá**
沙發

▶ María se durmió en el sofá.
瑪麗亞在沙發上睡著了。

☑ **La alfombra**
地毯

▶ Compré una alfombra de Persia.
我買了張波斯地毯。

☑ **La cama**
床

▶ Pepe se acuesta en la cama.
培培在床上睡覺。

☐ **La almohada**
枕頭

▸ Necesito una almohada para dormir.
我需要一個睡覺用的枕頭。

☐ **La sábana**
床單

▸ Mi madre cambia las sábanas cada semana.
我媽媽每個星期都會換床單。

☐ **La manta**
毯子

▸ Señorita, ¡tráigame una manta por favor!
小姐，請給我一條毯子。

☐ **El colchón**
床墊

▸ Le gusta cama dura sin colchón.
他喜歡沒有床墊的硬床。

☐ **La toalla**
毛巾

▸ Estoy mojado, ¡pásame la toalla!
我濕透了，把毛巾給我。

☐ **La estantería**
書架

▸ Hay muchos libros en la estantería.
書架上有很多書。

☑ **El escritorio**
書桌

▶ Deja las cartas en mi escritorio.
他把信放在我的書桌上。

☑ **La lámpara**
燈

▶ Enciende la lámpara para leer.
他打開燈讀書。

☑ **El ordenador**
電腦

▶ Escribo esta carta con el ordenador.
我用電腦寫這封信。

☑ **Los paraguas**
雨傘

▶ ¡No te olvides de los paraguas!
你可別忘記帶雨傘！

☑ **El florero**
花瓶

▶ Rompí el florero.
我不小心打破了花瓶。

☑ **La pintura**
畫

▶ Hay muchas pinturas famosas en esta galería.
這間畫廊裡有很多名畫。

☐ **La foto**
照片

▶ Voy a sacar una foto a este niño.

我要幫這個孩子拍張照。

☐ **El rollo**
（一捲）底片

▶ Quiero revelar estos rollos.

我想洗這些底片。

☐ **La cámara**
照相機

▶ ¿Puede reparar esta cámara?

您可以修理這台照相機嗎？

☐ **El calendario**
日曆

▶ Voy a marcar la fecha de la cita en el calendario.

我把約會的日期標在日曆上。

☐ **El reloj**
鐘錶

▶ Me gusta coleccionar relojes antiguos.

我喜歡收集舊錶。

☐ **La caja**
箱子

▶ Hay tres gatitos en la caja.

箱子裡有三隻小貓。

☑ **La sartén**
平底鍋

▶ Mi amigo me regaló una sartén de Japón.

我的朋友送我一個日本的平底鍋。

☑ **El cenicero**
煙灰缸

▶ ¡Táigame un cenicero, por favor!

請給我一個煙灰缸。

☑ **El fósforo**
火柴

▶ Enciende un fósforo.

點一根火柴。

☑ **El encendedor**
打火機

▶ Enciende un cigarrillo con el encendedor.

用打火機點煙。

☑ **La linterna**
手電筒

▶ Encendió la linterna cuando se fue la luz.

電一停他就打開手電筒。

☑ **La taza**
咖啡杯、茶杯

▶ Tomo café con esta taza antigua.

我用這個古董杯喝咖啡。

La copa
酒杯

▶ Vamos a tomar una copa.
我們去喝一杯吧！

 MP3-16

El vaso
玻璃杯

▶ ¡Dame un vaso de agua!
給我一杯水。

La jarra
水瓶（單耳大肚瓶）

▶ Queremos una jarra de sangría.
我們要一壺水果酒。

La ducha
蓮蓬頭、淋浴間

▶ Voy a la ducha.
我要去沖個澡。

La bañera
浴缸

▶ Al niño le gusta jugar en la bañera.
小孩喜歡在浴缸裡玩。

El lavabo
洗手台

▶ Me lavo la cara en el lavabo.
我在洗手台洗臉。

☑ **El fregadero**
水槽

▶ Lavo los platos en el fregadero.
我在水槽洗碗。

☑ **El grifo**
水龍頭

▶ No sale agua del grifo.
水龍頭沒水。

☑ **La estufa**
爐子

▶ En Taiwán se usa la estufa de gas.
在台灣大家用瓦斯爐。

☑ **El horno**
烤箱

▶ Este restaurante italiano tiene un horno antiguo.
這間義大利餐廳有一個古老的烤爐。

☑ **El horno de microóndas**
微波爐

▶ El horno de microóndas de la casa ya no funciona.
家裡的微波爐壞了。

☑ **El enchufe**
插座／插頭

▶ Hay un enchufe detrás de mi escritorio.
我的書桌後面有一個插座。

☑ **Los cubiertos**
餐具

▶ Camarero, ¡tráigame otro juego de cubiertos!
服務生，請幫我再拿套餐具來。

☑ **La cuchara**
湯匙

▶ Se toma la sopa con cucharas.
用湯匙喝湯。

☑ **El cuchillo**
刀子

▶ Se corta carne con cuchillos.
用刀子切肉。

☑ **El tenedor**
叉子

▶ No puedo comer fideos con un tenedor.
我無法用叉子吃麵。

☑ **La servilleta**
餐巾

▶ La madre limpia la cara del niño con una servilleta.
媽媽用餐巾幫孩子擦臉。

☑ **El mantel**
桌巾

▶ La mesa está cubierta con un mantel blanco.
桌上鋪著白色的桌巾。

☑ **El jabón**
肥皂

▶ Pepe se lava las manos con jabón.
培培用肥皂洗手。

☑ **El champú**
洗髮精

▶ Este champú huele muy bien.
這種洗髮精很香。

☑ **Calefacción**
暖氣

▶ Se necesita la calefacción cuando hace frío.
天冷的時候需要開暖氣。

☑ **El equipo de música**
音響

▶ Quiero un nuevo equipo de música.
我想要一台新的音響。

☑ **La televisión**
電視

▶ Veo la televisión todas las noches.
我每天晚上都會看電視。

☑ **La radio**
收音機

▶ Escucho la radio a la misma hora cada día.
我每天固定時間聽收音機。

☑ **La nevera**
電冰箱

▶ Guardo el helado en la nevera.
我把冰淇淋放在冰箱裡。

☑ **La cosa**
東西

▶ No hay ninguna cosa en esta caja.
這個箱子裡沒有任何東西。

☑ **El dinero**
錢

▶ Perdí mucho dinero.
我遺失很多錢。

Chapter 12 年月日

 MP3-17

☐ **Anteayer**
前天

▶ Don Felipe vino a mi casa anteayer.
菲利培先生前天來我家。

☐ **Ayer**
昨天

▶ Ayer llegó tarde a la oficina.
他昨天上班遲到。

☐ **Hoy**
今天

▶ Hoy hace buen tiempo.
今天天氣真好。

☐ **Mañana**
明天

▶ Mañana es sábado.
明天是星期六。

☐ **La mañana**
早上

▶ Te llamaré mañana por la mañana.
我明天早上打電話給你。

☑ **El mediodía**
中午
▶ Hace mucho calor a mediodía.
中午很熱。

☑ **La tarde**
下午
▶ Vamos a tomar un café por la tarde.
我們下午要去喝杯咖啡。

☑ **La noche**
晚上
▶ Vamos a salir esta noche.
我們今天晚上出去玩。

☑ **Anoche**
昨晚
▶ Anoche estudié hasta las tantas.
我昨晚唸書到很晚。

☑ **El mes**
月
▶ Hay doce meses en un año.
一年有十二個月。

☑ **El próximo mes**
下個月
▶ El próximo mes es noviembre.
下個月是十一月。

☑ **El año**
年

▶ He vivido en esta ciudad hace muchos años.

我在這個城市住了好多年。

☑ **El día**
天

▶ Trabajo ocho horas cada día.

我每天工作八小時。

☑ **Ahora**
現在

▶ Ahora estudio en la universidad.

我現在在大學唸書。

☑ **El tiempo**
時間

▶ Ya no tenemos tiempo.

我們沒有時間了。

☑ **La hora**
小時

▶ Duermo ocho horas todos los días.

我每天睡八小時。

☑ **El momento**
一刻／一會兒

▶ Espere un momento, ya viene el doctor.

請等一會兒，醫生就來了。

☐ **El minuto**
分鐘

▶ Voy a terminar este trabajo en unos minutos.
再幾分鐘就可以完成我的工作了。

☐ **El segundo**
秒

▶ Un minuto tiene sesenta segundos.
一分鐘有六十秒。

☐ **Enseguida**
立刻

▶ ¡Pepe, ven aquí enseguida!
培培，立刻到這裡來！

☐ **La Navidad**
聖誕節

▶ Nos reunimos en la Navidad.
我們將在聖誕節團圓。

☐ **La noche buena**
聖誕夜

▶ Nieva en esta noche buena.
今年聖誕夜下雪了。

☑ **La semana santa** ▶ La semana santa cae en
聖週（復活節週） abril.
聖週在四月。

☑ **El año nuevo** ▶ El primero de enero es el
新年 principio del año nuevo.
一月一日是新年的開始。

☑ **La noche vieja** ▶ La familia se reune en la
除夕 noche vieja.
在除夕時全家團圓。

MP3-18

☑ **El domingo**
星期日

▶ María siempre va a la iglesia todos los domingos.
星期日瑪莉亞都會上教堂。

☑ **El lunes**
星期一

▶ Tengo que trabajar el lunes.
我星期一得上班。

☑ **El martes**
星期二

▶ Voy a Madrid este martes.
我星期二要去馬德里。

☑ **El miércoles**
星期三

▶ Tengo una cita con el dentista el miércoles que viene.
我下星期三約好去看牙醫。

☑ **El jueves**
星期四

▶ El próximo jueves tenemos una cita con los clientes.
下星期四我們和客戶有約。

☑ **El viernes**
星期五

▶ Vamos a la discoteca este viernes.
我們星期五去舞廳吧。

☑ **El sábado**
星期六

▶ Este sábado es un día festivo.
星期六放假。

☑ **La semana**
星期

▶ Hay siete días en una semana.
一星期有七天。

☑ **La semana pasada**
上週

▶ La semana pasada fui a Madrid para visitar a mis abuelos.
上週我去馬德里看我祖父母。

☑ **Esta semana**
本週

▶ Esta semana es la Semana Santa.
本週是聖週。

☑ **La próxima semana**
下週

▶ Voy a renunciar a mi trabajo la próxima semana.
我下禮拜要辭職了。

☑ **Cada semana**
　　每週

▶ Compro esta revista cada semana.

我每個禮拜都會買這本雜誌。

☑ **Las estaciones**
　　四季

▶ En los países tropicales hace calor en todas las estaciones.

熱帶國家一年四季都很熱。

☑ **La primavera**
　　春天

▶ Las flores florecen en primavera.

花在春天開。

☑ **El verano**
　　夏天

▶ Hace mucho calor en este verano.

今年夏天很熱。

☑ **El otoño**
　　秋天

▶ Las hojas de los árboles se marchitan en otoño.

樹葉在秋天凋零。

☑ **El invierno**
　　冬天

▶ En Taiwán no nieva en invierno.

台灣冬天不下雪。

Chapter 14　休閒活動

MP3-19

☐ **Canción**
歌曲

▶ Pepe aprendió una canción nueva.
培培學會一首新歌。

☐ **La película**
影片

▶ Me gusta mucho las películas románticas.
我很喜歡看愛情片。

☐ **La música**
音樂

▶ María escucha la música todos los días.
瑪莉亞每天都聽音樂。

☐ **El concierto**
音樂會

▶ El concierto se atrasó por la lluvia.
音樂會因下雨而延期。

☐ **El teatro**
劇院／戲劇

▶ Muy poca gente va al teatro.
去戲院的人很少。

☑ **La ópera**
歌劇

▶ A los jóvenes no les gusta la ópera.
年輕人不喜歡聽歌劇。

☑ **La drama**
戲劇

▶ Esta drama se trata de una historia de amor.
這是一部關於愛情故事的戲碼。

☑ **La guitarra**
吉他

▶ Ella sabe tocar la guitarra.
她會彈吉他。

☑ **La compra**
購物

▶ Pepe se fue de compras con su madre.
培培跟媽媽一起去買東西。

☑ **El deporte**
運動

▶ No me gusta hacer deporte.
我不喜歡做運動。

☑ **El baloncesto**
籃球

▶ Jordan es un gran jugador de baloncesto.
喬丹是位偉大的籃球選手。

☑ **El fútbol**
足球

▶ A los españoles les gusta el fútbol.
西班牙人喜歡足球。

☑ **La noticia**
新聞

▶ Me gusta ver las noticias internacionales.
我喜歡看國際新聞。

☑ **El programa**
節目

▶ Los programas de hoy son aburridísimos.
今天的節目非常無聊。

☑ **La telenovela**
電視連續劇

▶ A mi abuela le gustan las telenovelas japonesas.
奶奶喜歡看日劇。

☑ **El bingo**
賓果遊戲

▶ Mi abuela siempre va a la sala de bingo para jugar al bingo.
祖母常去賓果廳玩賓果。

☑ **La lotería**
樂透獎

▶ ¡Ah, me tocó la lotería!
唉呀，我中樂透了！

☑ **La fiesta**
宴會

▶ Tenemos una fiesta esta noche.
今晚我們有個宴會。

☑ **El viaje**
旅行／旅程

▶ Será un viaje largo.
那將是一次長途旅行。

☑ **La vacación**
假期

▶ Necesito vacaciones para recuperar la salud.
我需要休幾天假好恢復健康。

Chapter 15 程度

 MP3-20

☐ **Tan**
那麼的

▶ Este libro no es tan interesante como dicen.
這本書不像傳聞中那麼有趣。

☐ **Como**
跟…一樣多

▶ Tengo tanto trabajo como el tuyo.
我的工作跟你一樣多。

☐ **Tanto**
那麼多的

▶ No tengo tanto dinero para prestarte.
我沒那麼多錢可以借你。

☐ **Poco**
少的

▶ Tengo poco dinero.
我沒什麼錢。

☐ **Un poco**
一些

▶ Hablo un poco de francés.
我會說一點法語。

☑ **Mucho**
多的

▶ Tengo muchos diccionarios.
我有很多字典。

☑ **Muy**
很

▶ Estoy muy bien.
我很好。

☑ **Todo**
全部

▶ ¡Dame todas las mazanas que quedan!
剩下的蘋果全部給我。

☑ **Más o menos**
差不多

▶ Llegué más o menos a las diez.
我差不多是十點到的。

☑ **Justo**
剛好

▶ Tengo las naranjas justas para dar una a cada uno.
柳橙的數量剛好可以一人分一個。

☑ **A veces**
有時候

▶ A veces voy al cine solo.
有時候我一個人去看電影。

☑ **La mitad**
一半

▶ Pepe comió la mitad de esta tarta.
培培吃了半個蛋糕。

☑ **Más**
更多

▶ Necesito más tiempo.
我需要多點時間。

☑ **Menos**
更少

▶ Gano menos dinero que antes.
我現在收入比以前少。

☑ **Demasiado**
太多

▶ ¡No tomes demasiado alcohol!
別喝太多酒。

☑ **Bastante**
足夠的、相當多的

▶ Tengo bastante sueldo.
我的薪水相當多。

☑ **Suficiente**
足夠的

▶ Compramos suficiente comida para 50 personas.
我們買了足夠五十個人吃的食物。

☑ **El montón**
一大堆

▶ Tengo un montón de trabajo.
我有一大堆的工作。

MP3-21

☑ **La vez**
次

▶ Esta es la tercera vez que visito Madrid.
這是我第三次造訪馬德里。

☑ **El piso**
樓層

▶ Vivo en el tercer piso.
我住在四樓。

☑ **Tener.....años**
有⋯歲

▶ Tengo diecinueve años.
我今年十九歲。

☑ **El trozo**
一張／一件／一塊

▶ Comí un trozo de tarta en la merienda.
我下午茶吃了一塊蛋糕。

☑ **El minuto**
分鐘

▶ Nos marcharemos dentro de diez minutos.
我們十分鐘後出發。

☑ **La botella**
瓶

▶ ¡Dame tres botellas de vino tinto, por favor!
請給我三瓶紅酒。

☑ **El kilo**
公斤

▶ ¡Dame un kilo de este tipo de jamón, por favor!
請給我一公斤這種火腿。

☑ **El kilómetro**
公里

▶ He conducido más de mil kilómetros.
我已經開車開超過一千公里了。

☑ **Gramo**
公克

▶ Compré cien gramos de queso.
我買了一百公克的乳酪。

☑ **Metro**
公尺

▶ Este puente mide quinientos metros.
這座橋長五百公尺。

▶

Chapter 17 學習、語言

 MP3-22

☐ **La educación**
教育

▶ El se comporta sin educación.
他真沒教養。

☐ **Alumno**
學生

▶ Los alumnos estudian todos los días.
學生每天唸書。

☐ **Profesor/a**
老師、教授

▶ La profesora me regañó.
老師罵我。

☐ **Maestro/a**
小學老師

▶ Los maestros tienen mucha paciencia con los niños.
小學老師對小朋友很有耐心。

☐ **La tarea**
作業

▶ Tengo un montón de tareas, no puedo dormir hoy.
我有一大堆作業，今天不能睡覺了。

☑ El ejercicio
習題

▶ No entiendo estos ejercicios de matemáticas.

我不懂這些數學習題。

☑ El examen
考試

▶ El examen final me salió muy mal.

我期末考考得不好。

☑ La escuela
學校

▶ Pepe estudia en una escuela de inglés.

培培上的是英文學校。

☑ La escuela primaria
小學

▶ Los niños aprenden a calcular en la escuela primaria.

孩子們在小學裡學算數。

☑ La escuela secundaria
中學

▶ María enseña en una escuela secundaria cerca de su casa.

瑪麗亞在她家附近的中學教書。

☑ La universidad
大學

▶ La Universidad de Salamanca es un instituto antiguo.

薩拉曼加大學是一所古老的學府。

☑ **El papel**
紙

▶ ¿Tienes papel de escribir?
你有稿紙嗎？

☑ **El aula**
教室

▶ Hay muchas sillas en el aula.
教室裡有很多椅子。

☑ **La pizarra**
黑板

▶ ¡Venga a la pizarra y escriba su nombre!
把名字寫在黑板上。

☑ **La tiza**
粉筆

▶ El profesor tiró una tiza al alumno dormido en la clase.
老師朝打瞌睡的學生丟粉筆。

☑ **La clase**
課、上課

▶ Voy a la clase de español.
我去上西班牙文課。

☑ **El diccionario**
字典

▶ Siempre consultamos el diccionario.
我們常常查字典。

☑ **El estudio**
研究、學習

▶ El doctor se dedica al estudio de SIDA.
這位醫師致力於愛滋病的研究。

☑ **El curso**
課程

▶ El curso empieza la próxima semana.
課程下週開始。

☑ **La asignatura**
科目

▶ Este semestre tengo tomadas ocho asignaturas.
這學期我要修八個科目。

☑ **La historia**
歷史

▶ Hoy estudiamos la historia española.
今天我們上課上的是西班牙歷史。

☑ **La física**
物理

▶ Hay que aprender física para entender este mundo.
要瞭解這個世界必須學習物理。

☑ **La química**
化學

▶ Hacemos experimentos en la clase de química.
我們在化學課上做實驗。

MP3-23

☑ **La matemática**
（常用複數：las
matem ticas）
數學

▶ No me gustan las
matemáticas.
我不喜歡數學。

☑ **La geografía**
地理

▶ La geografía es interesante.
地理很有趣。

☑ **El cuaderno**
筆記本

▶ Pepe dejó su cuaderno en
casa.
培培把筆記本忘在家裡了。

☑ **El lápiz**
鉛筆

▶ ¡Préstame un lápiz, por
favor!
請借我一枝鉛筆。

☑ **La goma**
橡皮擦

▶ ¡Préstame la goma!
借我橡皮擦。

☑ **El bolígrafo**
原子筆

▶ Hay que escribir con
bolígrafo en el examen.
考試的時候要用原子筆寫。

☐ **La pluma**
鋼筆

▶ Alguien me regaló una pluma.
有人送我一支鋼筆。

☐ **La revista**
雜誌

▶ Hola es una revista muy popular en España.
HOLA 是西班牙很受歡迎的雜誌。

☐ **El periódico**
報紙

▶ Leo el periódico todos los días.
我每天都看報紙。

☐ **El libro**
書

▶ Voy a la librería para comprar un libro.
我去書店買本書。

☐ **La novela**
小說

▶ Don Quijote es una novela clásica.
唐吉訶德是經典小說。

☐ **El poema**
詩

▶ Me gusta leer poemas épicos.
我喜歡讀史詩。

☑ **La duda**
疑惑、問題

▶ ¿Alguna duda?
有不清楚的地方嗎?

☑ **La pregunta**
問題

▶ Tengo una pregunta.
我有一個問題。

☑ **La lectura**
讀物

▶ Niños, ¡leamos esta lectura juntos!
孩子們,我們一起讀這一篇讀物。

☑ **El idioma**
語言

▶ El profesor habla cinco idiomas.
教授會說五種語言。

☑ **El inglés**
英文

▶ Hablo inglés.
我會說英文。

☑ **El español**
西班牙义

▶ Estudiar español es difícil.
西班牙义好難喔!

☐ **El francés**
法語

▶ Esta novela está escrita en francés.

這本小說是用法語寫的。

☐ **El chino**
中文

▶ El chino es mi lengua materna.

中文是我的母語。

☐ **La letra**
字母

▶ El inglés tiene veintiséis letras.

英文有 26 個字母。

☐ **El alfabeto**
字母表

▶ Ayer Pepe aprendió el alfabeto en la clase.

昨天培培在課堂上學會了字母表。

☐ **La palabra**
字

▶ En esta frase hay quince palabras.

這個句子裡有十五個字。

☐ **El artículo**
文章

▶ Hoy discutimos el uso metafórico en este artículo.

今天我們來討論這篇文章中的暗喻用法。

☑ **El párrafo**
段落

▶ Lea este párrafo en voz alta.
把這個段落大聲念出來。

☑ **La frase**
句子

▶ Hay muchos errores en esta frase.
這個句子裡有很多錯誤。

MP3-24

☑ **El tiempo**
天氣

▶ En españa hace buen tiempo.
西班牙天氣總是很好。

☑ **El aire**
空氣

▶ La contaminación de aire es muy grave.
空氣污染很嚴重。

☑ **El cielo**
天空

▶ El cielo está despejado, no hay nubes.
天空清澄萬里無雲。

☑ **La luna**
月亮

▶ Hoy se llena la luna.
今天月圓。

☑ **La estrella**
星星

▶ Los niños cuentan las estrellas.
孩子們數星星。

☑ **El sol**
太陽

▶ Mañana hará sol.
明天會出太陽。

☑ **La lluvia**
雨

▶ Cae la lluvia hoy.
今天下雨。

☑ **La nube**
雲

▶ Hay muchas nubes.
有很多雲。

☑ **El rocío**
露水

▶ El rocío cae por las flores en la madrugada.
清晨花上的露水灑落下來。

☑ **El viento**
風

▶ El viento trae la humedad.
風帶來濕氣。

☑ **El calor**
熱

▶ No aguanto más este calor.
我再也受不了這麼熱。

☑ **El frío**
冷

▸ ¡Ay, qué frío!
啊，真冷！

☑ **El mar**
海

▸ El barco perdió la dirección en el mar.
船在海中失去了方向。

☑ **El océano**
洋

▸ Taiwan es una isla en el Océano Pacífico.
台灣是太平洋中的一個島嶼。

☑ **La onda**
波

▸ El viento provoca la onda del agua.
風引起水波盪漾。

☑ **La ola**
浪

▸ La ola golpeaba la orilla.
浪花拍打海岸。

☑ **La playa**
海灘

▸ En verano la playa está llena de gente.
在夏天海灘上擠滿了人。

☑ **El río**
河

▶ Los niños fueron a nadar en el río ayer.
昨天孩子們去河裡游泳了。

☑ **El lago**
湖

▶ Este lago está contaminado.
這個湖受污染了。

☑ **El agua**
水

▶ Necesitamos agua para vivir.
我們要有水才能生存。

☑ **La montaña**
山

▶ Fui de excursión a la montaña.
我去山上遠足。

☑ **La sierra**
山脈

▶ La Sierra Nevada.
雪山

🔘 **MP3-25**

☑ **El volcán**
火山

▶ Este volcán ya está apagado.
這已經是座死火山了。

☑ **La nieve**
雪

▸ Se ve la nieve en las montañas.
山上下雪了。

☑ **Las plantas**
植物

▸ Las plantas producen el oxígeno.
植物製造氧氣。

☑ **La flor**
花

▸ Las flores no aguantan el frío.
花朵受不了寒冷。

☑ **El árbol**
樹

▸ Se prohibe cortar el árbol.
禁止伐樹。

☑ **La hoja**
葉子

▸ Las hojas caen en otoño.
樹葉在冬天落下。

☑ **El bosque**
森林

▸ Tenemos una excursión en el bosque.
我們去森林郊遊。

☑ **La selva**
叢林

▶ Hay muchos animales en la selva.
叢林裡有很多動物。

☑ **La roca**
岩石

▶ Hay muchas rocas en la montaña.
山上有很多岩石。

☑ **La piedra**
石頭

▶ El niño tiró una piedra al perro.
小孩對狗扔了塊石頭。

☑ **La arena**
沙

▶ Hay un sinfín de arenas en la playa.
沙灘上有無數的沙。

☑ **El color**
顏色

▶ El arco iris tiene siete colores.
彩虹有七種顏色。

☑ **Marrrón**
棕色

▶ El compró unos zapatos marrones.
他買了雙棕色的鞋子。

☑ **Negro**
黑色

▶ Se dice que los gatos negros traen mala suerte.
聽說黑貓會帶來厄運。

☑ **Blanco**
白色

▶ La nieve es blanca.
雪是白色的。

☑ **Rojo**
紅色

▶ La sangre es roja.
血是紅色的。

☑ **Verde**
綠色

▶ Las hojas son verdes.
樹葉是綠色的。

☑ **Azul**
藍色

▶ El cielo es azul.
天空是藍色的。

Chapter 19 常用詞語

 MP3-26

☑ **Hola**
嗨、喂

▶ ¡Hola! ¿Dígame?
喂，請講。（接電話用語）

☑ **Ay**
啊呀

▶ ¡Ay, qué dolor!
啊呀，好痛啊！

☑ **Tal**
這樣的、如此的

▶ ¿Cómo estás? / Tal cual.
你好嗎？／馬馬虎虎。

☑ **Antes de**
在 ... 之前

▶ Antes de que te vayas, lava los platos.
在你走之前要先洗碗。

☑ **Después de**
在 ... 之後

▶ Después de ir al cine, volví a casa.
看完電影後我就回家了。

☑ **Juntos**
一起

▶ ¡Vamos a la playa juntos!
我們一起去海邊。

☑ **Siempre**
總是

▶ Siempre trabajo horas extras.
我總是加班。

☑ **Nunca**
從不、絕不

▶ Nunca como coco.
我從不吃椰子。

☑ **Jamás**
絕不、再也不

▶ Jamás te perdonaré.
我絕不原諒你。

☑ **Apenas**
幾乎不

▶ Apenas conozco a los vecinos.
我幾乎不認識我的鄰居。

☑ **Ojalá**
但願

▶ ¡Ojalá tenga mucho dinero!
但願我有很多錢。

☐ **Vale**
好吧／好嗎

▶ Te llamaré mañana a las nueve, ¿vale?
我明天九點打電話給你，好嗎？

☐ **Perdón**
對不起，不好意思

▶ ¡Perdón! ¿Qué dices?
對不起，你說什麼？

☐ **Por fin**
終於

▶ Por fin lo he terminado.
我終於完成了。

☐ **Por favor**
請

▶ ¡Por favor, páseme la sal!
請把鹽傳給我。

☐ **Gracias**
謝謝

▶ ¡Muchas gracias por tu ayuda!
多謝你的幫助。

☐ **Adiós**
再見

▶ Voy a decir adiós a mis padres.
我要跟我父母告別。

☑ **Con**
和…一起

▶ Voy a cenar con mis padres esta noche.
今天要跟我父母共進晚餐。

☑ **Conmigo**
和我一起

▶ Viene a mi casa para comer comigo.
他來我家和我一起吃飯。

☑ **Contigo**
和你一起

▶ Iré contigo.
我和你一起去。

☑ **Sin**
沒有

▶ Quiero un yogur natural sin azúcar.
我要一個不加糖的原味優格。

☑ **Según**
根據、依照

▶ ¿Qué será la solución según tu opinión?
根據你的意見什麼才是解決方法呢？

☑ **O**
或

▶ ¿Quieres té o mazanilla?
你要茶或菊花茶嗎？

☑ **Y**
和，而且

▶ Quiero un café y un cruasán.
我要一杯咖啡和一個牛角麵包。

☑ **Pero**
可是

▶ A mi hermana le gusta la leche, pero a mí no.
我姊姊喜歡喝牛奶，可是我不喜歡。

☑ **Además**
此外

▶ Admás de ser barato, también la calidad es buena.
除了便宜，品質也好。

☑ **Ya**
已經

▶ He comido mucho, ya no puedo más.
我吃太多，已經吃不下了。

🔘 **MP3-27**

☑ **Todavía**
尚未

▶ Todavía no ha llegado María.
瑪麗亞還沒到。

☑ **También**
也

▶ Mi hermana está casada y mi hermano también.
我姊姊結婚了，我哥哥也是。

☑ Tampoco
也不

▶ A María no le gustan los animales, y a mí tampoco.
瑪麗亞不喜歡動物，我也不喜歡。

☑ Así
這樣

▶ Si haces algo así, no te perdono nunca.
如果你做出這樣的事，我絕不原諒你。

☑ Si
如果

▶ Me moriré si no me ayudas.
如果你不幫我，我就死定了。

☑ Aunque
雖然

▶ Aunque no me gustaba ese plato, lo comí.
雖然我不喜歡那道菜，我還是吃了。

☑ Porque
因為

▶ No quiero ir, porque estoy cansado.
我不想去因為我好累。

☑ Poco a poco
逐漸的

▶ Poco a poco, terminé mi trabajo.
我把工作逐漸地做完了。

☑ **De repente**
忽然

► De repente, salió un gato.
忽然間出現了一隻貓。

☑ **Desde**
從

► Nadie lo ha visto desde hace tres años.
自從三年前就沒人見過他了。

☑ **Hasta**
直到

► No regresa a casa hasta las once.
他直到11點才回家。

☑ **Hasta**
甚至

► Hasta tú puedes hacerlo.
甚至你也辦得到。

☑ **Nadie**
沒有人

► Nadie vive en este edificio viejo.
沒人住在這棟舊建築裡。

☑ **Nada**
沒有東西

► Nada puede cambiar mi decisión.
沒有東西可以改變我的決定。

☑ **Ninguno**
沒有任何一個

▶ No conozco a ninguno de los dos.

我不認識那兩人中的任何一個。

☑ **Alguno/a**
某個

▶ Alguno de los bolígrafos es mío.

這些原子筆中的某一隻是我的。

☑ **Ni**
都沒有，都不是，
都不用

▶ ¡Ni pensar!

想都不用想！

☑ **Sino**
除了、而是

▶ No deseo nada sino la paz.

我只想安靜一下。

☑ **Por lo menos**
至少

▶ Por lo menos dime tu nombre.

至少告訴我你的名字。

☑ **A pesar de ...**
儘管

▶ A pesar de que hace frío, voy a nadar.

儘管天氣很冷，我還是要去游泳。

☑ **Tal vez**
也許

▶ Tal vez no lo quiera.
也許他不想要。

☑ **Quizás**
也許

▶ Quizás mañana haga sol.
明天也許會出太陽。

☑ **En vez**
代替

▶ Ella viene en vez de su marido.
她代替她丈夫來。

☑ **De vez en cuando**
有時、時而

▶ Visita a su abuela de vez en cuando.
他有時會來看他祖母。

☑ **A la vez**
同時

▶ Quiere terminar todo su trabajo a la vez.
他想把工作一次都做完。

▶

MP3-28

☑ **Ser**
是

▶ Quiero ser profesor cuando termine el estudio.
我唸完書之後想當老師。

☑ **Estar**
在、是

▶ Mi mamá está en el jardín.
我媽媽在花園。

☑ **Detener**
阻止

▶ Ya no hay nadie que pueda detener la guerra.
已經沒有人可以阻止戰爭了。

☑ **Parar**
停止

▶ El niño no paraba de llorar.
小孩哭個不停。

☑ **Encontrarse**
見面

▶ Me encontraré con mi amiga en la cafetería.
我跟我朋友約在咖啡廳碰面。

☑ **Encontrar**
找到

▶ No encuentro mis gafas.
我找不到我的眼鏡。

☑ **Buscar**
尋找

▶ Busco y rebusco, pero no lo encuentro.
我找了又找，就是找不到。

☑ **Abrir**
打開

▶ No puedo abrir el maletero porque no tengo la llave.
因為沒有鑰匙，所以行李箱我打不開。

☑ **Cerrar**
關

▶ Los grandes almacenes cierran a las nueve en punto.
百貨公司九點整關門。

☑ **Levantar**
舉起、抬起

▶ Los que están de acuerdo con eso, levanten las manos.
贊成的人請舉手。

☑ **Levantarse**
起床

▶ Me levanto temprano por la manana.
我早上早起。

☑ **Acostarse**
躺下

▶ Se acuesta a las once todos los días.
他每天十一點上床。

☑ **Conducir**
駕駛

▶ He llevado 5 horas conduciendo.
我已經開了五小時的車。

☑ **Aconsejar**
勸告

▶ Te aconsejo que vayas.
我勸你去。

☑ **Dormirse**
睡著

▶ Me duermo al acostarme.
我一躺下就睡著了。

☑ **Lamentar**
悲傷、哀悼

▶ Lamento tu pérdida.
我為你的損失感到悲痛。

☑ **Sentir**
感覺

▶ ¡Lo siento mucho!
真抱歉。

☐ **Jugar**
遊玩

▶ Pepe está jugando con el niño de su vecino.
培培在跟鄰居的小孩玩。

☐ **Jurar**
發誓

▶ Juro por mi vida que no lo hice.
我以性命擔保不是我做的。

☐ **Ajustar**
使合身、使合適

▶ ¡Ajusta la ropa a su cuerpo!
照他的體型把衣服修改一下。

☐ **Lavarse**
清洗（手、臉、身體的部分）

▶ ¡Lávate las manos antes de comer!
先洗手再吃飯。

☐ **Lavar**
清洗

▶ El lava la ropa tres veces a la semana.
他一週洗三次衣服。

☐ **Dudar**
懷疑

▶ Dudamos de su intención.
我們懷疑他的意圖。

Durar
持續

▶ La clase dura dos horas.
課持續兩小時。

Doler
使疼痛

▶ Me duele el estómago.
我胃痛。

Temer
害怕、擔心

▶ Temo que ya lo haya abandonado.
我擔心他已經放棄了。

Tener
有

▶ ¿Tiene usted unas habitaciones libres?
還有一些空房間嗎？

 MP3-29

Haber
有

▶ Hay mucha gente en la tienda.
店裡有很多人。

Obtener
獲得

▶ El actor obtuvo el premio del mejor actor.
那個演員得到最佳男演員獎。

☑ **Ocupar**
佔據

▶ Esta casa ocupa toda la calle.

這棟房子佔據了整條街。

☑ **Preocuparse**
擔心

▶ ¡No se preocupe! Mañana todo se arreglará.

別擔心，明天一切事情都會解決的。

☑ **Respirar**
呼吸

▶ El enfermo ya no puede respirar por sí mismo.

病人已經無法自己呼吸了。

☑ **Suspirar**
嘆氣

▶ El viejo suspiró al ver a los jóvenes.

老人看到年輕人時嘆了口氣。

☑ **Inspirar**
啟發

▶ Me inspiró la historia.

那個故事讓我有所啟發。

☑ **Andar**
走路

▶ El andaba a su oficina.

他以前每天走路去上班。

☐ **Hablar**
說話

▶ El no habla japonés.
他不會說日文。

☐ **Decir**
說

▶ ¡No me digas!
別唬我！不會吧！

☐ **Contar**
訴說

▶ Me contó un secreto.
他告訴我一個秘密。

☐ **Charlar**
聊天

▶ Charlábamos toda la noche.
我們聊了整個晚上。

☐ **Saludar**
打招呼

▶ Aquel día te saludé en la calle, pero no me viste.
那天我在街上和你打招呼，不過你沒看到我。

☐ **Ir**
去

▶ Voy con ella.
我跟她一起去。

☑ **Adquirir**
獲得

▶ El contrato adquiere la fuerza de ley desde ahora.
這份合約從現在開始具有法律效力。

☑ **Alquilar**
租

▶ Se alquila esta casa.
房屋出租。

☑ **Abandonar**
放棄

▶ Ha abandonado de fumar.
他戒煙了。

☑ **Avisar**
通知、警告

▶ Por favor, ¡avíseme cuando lleguemos!
到了的時候請通知我。

☑ **Avanzar**
前進、進步

▶ La economía ha avanzado en los últimos meses.
經濟在過去數月已有起色。

☑ **Atender**
照顧、接待

▶ ¿Le han atendido?
有人來招呼您了嗎？

☑ Necesitar
需要

▶ Necesito dinero urgentemente.
我急需要錢。

☑ Intentar
嘗試

▶ He intentado muchas veces, pero no puedo conseguirlo.
我試過很多次還是辦不到。

☑ Poner
放

▶ ¡Por favor! ¡Ponga mi nombre en la lista también!
也請把我的名字列進去。

☑ Sacar
取出

▶ Voy a sacar el dinero.
我要去領錢。

☑ Suceder
發生

▶ ¿Qué sucede?.
發生什麼事了？

☑ Cantar
唱

▶ El está cantando las canciones japonesas.
他正在唱日文歌。

☑ **Bailar**
跳舞

▶ ¿Bailamos?
跳舞嗎？

☑ **Dibujar**
畫圖

▶ Los niños aprenden a dibujar.
孩子們學畫圖。

MP3-30

☑ **Pintar**
畫、漆

▶ Voy a pintar de blanco las paredes.
我要把牆漆成白色的。

☑ **Nacer**
出生

▶ Nació en Japón en el agosto del año 1960.
他 1960 年 8 月在日本出生。

☑ **Vender**
賣

▶ Se venden equipos electrónicos en esta tienda.
這間店賣電器用品。

☑ **Meter**
放置

▶ ¿Dónde meto las maletas?
行李要放哪裡？

☑ **Enseñar**
教

▶ El enseña japonés.
他教日文。

☑ **Empujar**
推

▶ Empújelo para abrir.
幫我推開。

☑ **Explicar**
解釋

▶ No entiendo, ¡explíqueme!
我不懂，請為我解釋。

☑ **Expresar**
表示

▶ Le expreso mi agradecimiento.
我誠摯地向您表示謝意。

☑ **Extender**
伸展

▶ Extiende la tela en la mesa.
在桌子上把布料展開。

☑ **Enseñar**
教

▶ Mi abuela me enseñó a hacer pasteles.
我奶奶教我做糕餅。

☑ **Recordar**
記住

▶ El recurda muchos vocabularios japoneses.
他記得很多日文單字。

☑ **Nadar**
游泳。

▶ Se prohibe nadar allá.
那裡禁止游泳。

☑ **Bajar**
下

▶ Voy a bajar en la próxima parada.
我在下一站下車。

☑ **Subir**
上

▶ La temperatura va subiendo en verano.
夏天氣溫持續上升。

☑ **Terminar**
結束

▶ Su trabajo termina a las seis.
他六點鐘就下班了。

☑ **Comprar**
買

▶ El va a comprar una casa propia.
他要買自己的房子。

☑ **Devolver**
歸還

▶ Devuelvo los libros a la biblioteca.
把書還給圖書館。

☑ **Volver**
回家

▶ Ella vuelve a casa en metro.
他坐地鐵回家。

☑ **Escribir**
寫

▶ Escribo con lápiz.
我用鉛筆寫字。

☑ **Colgar**
掛

▶ Cuelga la pintura en la pared.
他把畫掛在牆上。

☑ **Conseguir**
獲得、達到

▶ Conseguí entregar la tarea a la última hora.
我終於趕在最後一刻交出作業。

☑ **Atropellar**
撞倒、碾過

▶ El perro fue atropellado por un coche.
狗被車撞了。

☑ **Prestar**
借

▶ ¡No te preocupes! Voy a prestarte el dinero.
放心，我會借你錢。

☑ **Llevar**
戴

▶ Lleva el sombrero si hace mucho sol.
太陽很大就把帽子戴起來。

☑ **Desaparecer**
消失

▶ No se sabe cuándo desapareció el arco iris.
彩虹不知道什麼時候消失了。

☑ **Escuchar**
聽

▶ Estoy escuchando la radio.
我正在聽收音機。

MP3-31

☑ **Echar**
投擲、丟

▶ El hombre echó a su hijo a la calle.
那個男的把他兒子趕到街上去了。

☑ **Vestir**
穿

▶ Viste un jersey nuevo.
他穿了一件新毛衣。

☒ Cortar
切

▶ Corta la pera con un cuchillo.
用刀子切梨子。

☒ Venir
來

▶ El profesor hoy viene a la una.
老師今天一點來上課。

☒ Apagar
關掉、熄滅

▶ Apagué la luz para ahorrar la energía.
我為了省電把燈關掉。

☒ Casarse
結婚

▶ ¡Que te cases conmigo!
跟我結婚吧。

☒ Responder
回答

▶ ¿Puedes responderme esta pregunta?
你能回答這個問題嗎?

☒ Molestar
煩惱、騷擾

▶ Me molesta mucho su carta.
他的來信讓我困擾不已。

☑ **Florecer**
開花

▶ Las flores a lo largo de la carretera florecieron.
公路上的花都開了。

☑ **Indicar**
指出

▶ El indica la cosa que quiere con la mano.
他用手指出想要的東西。

☑ **Morirse**
死亡

▶ Muchos se murieron en el accidente de tráfico.
許多人死於車禍。

☑ **Enterarse**
知悉

▶ El se enteró de este asunto de las noticias.
他從新聞中獲知這件事。

☑ **Fumar**
抽煙

▶ Se prohibe fumar.
請勿抽煙。

☑ **Vivir**
住、活

▶ El vive cerca de la estación.
他住在車站附近。

☑ **Evitar**
避免

▶ Intentó evitar el error, pero no pudo.

他試著避免犯錯，可是沒辦法。

☑ **Dedicarse**
致力於、從事

▶ Se dedica al estudio de la lengua española.

他致力於研究西班牙語。

☑ **Sentarse**
坐下

▶ Se sienta en la última fila del autobús.

他坐在公車的最後一排。

☑ **Limpiar**
清潔、打掃

▶ Todos los día limpio la casa.

我每天打掃家裡。

☑ **Enviar**
寄送

▶ Voy a enviar una carta a mi amigo.

我要寄封信給我朋友。

☑ **Pedir**
請求

▶ Pido a mi amigo que me haga los ejercicios.

我請我朋友幫我寫習題。

☑ **Comer**
吃

▶ No he comido aún.
我還沒吃飯。

☑ **Morder**
咬

▶ Mordió un gran pedazo de pan.
他咬了一大塊麵包。

☑ **Equivocarse**
弄錯

▶ Se equivocó del número.
您弄錯號碼了。

☑ **Usar**
使用

▶ Yo siempre uso tinta roja.
我總是使用紅色墨水。

☑ **Utilizar**
利用、使用

▶ Utiliza su dinero para ayudar a los pobres.
他用錢來幫助窮人。

MP3-32

☑ **Cansar**
使勞累

▶ Me cansa el trabajo de ocho horas.
八小時的工作使我很勞累。

☑ **Llegar**
到達

▶ Cuando llgué a Japón ya era muy tarde.

他到日本時已經很晚了。

☑ **Hacer**
製作

▶ El hace un modelo escala de la nave de guerra.

他做一艘戰艦的模型。

☑ **Encender**
點燃

▶ Enciende un fuego.

他點起一把火。

☑ **Salir**
外出

▶ Voy a salir con mi mujer.

我要和我太太出去。

☑ **Poder**
能、會

▶ Puede hablar un poco inglés.

他會說一點英文。

☑ **Volar**
飛翔

▶ Vuelan las mariposas.

蝴蝶飛舞。

☑ **Aparcar**
停車

▶ Aparcó el coche en el aparcamiento.
他把車停在停車場。

☑ **Tomar**
拿、取

▶ ¡No tomes las cosas de otros!
別拿他人的東西。

☑ **Sacar**
照（相）

▶ Voy a sacar una foto.
我來照張相。

☑ **Quitar**
脫掉、去掉

▶ ¡Quítate los zapatos en la entrada!
在門口把鞋脫掉。

☑ **Cambiar**
換

▶ Voy a cambiar de trabajo.
我要換工作。

☑ **Montar**
乘（上）車、騎馬

▶ ¡Montemos en coche!
我們上車吧！

☑ **Arrastrar**
拖、（在地上）爬

▶ El borracho anda en la calle arrastrando los pies.

那個醉鬼在街上拖著腳步走。

☑ **Beber**
喝

▶ ¿Quieres algo de beber?

你要喝點什麼嗎？

☑ **Tomar**
搭乘

▶ Tomé el AVE a Madrid.

我搭高鐵去馬德里。

☑ **Entrar**
進入

▶ ¡Llame a la puerta antes de entrar!

進來以前先敲門。

☑ **Empezar**
開始

▶ Hoy empieza el nuevo semestre.

今天是新學期的開始。

☑ **Esconder**
躲藏

▶ El criminal se esconde en una casa abandonada.

罪犯躲在廢棄屋裡。

☑ **Mudar**
搬家、遷移

▶ Nos mudamos de casa a la ciudad cuando nació el niño.
在孩子出生後，我們就搬到了城市。

☑ **Iniciar**
開始、著手

▶ La pocicía inicia la negociación con el asesino.
警察開始跟殺人犯談判。

☑ **Correr**
跑

▶ Quedó muy poco tiempo, tenía que correr a la estación.
快來不及了，我得跑去車站。

☑ **Trabajar**
工作

▶ El trabaja en un supermercado.
他在一間超市工作。

☑ **Ofrecer**
提供

▶ Me ofrece un trabajo.
他給我一份工作。

☑ **Pegar**
貼

▶ Se pega el sello en el sobre.
在信封上貼郵票。

☑ **Planear**
計畫

▶ Ha planeado este viaje hace mucho tiempo.
他計畫這次旅行很久了。

☑ **Tocar**
彈奏

▶ A él le gusta tocar el piano.
他喜歡彈鋼琴。

◎ MP3-33

☑ **Tirar**
拉

▶ ¡Tira la puerta!
請拉開門。

☑ **Llover**
下雨

▶ Está lloviendo a cántaros.
外面正在下大雨。

☑ **Aprender**
學習

▶ Aprendo a hablar alemán.
我在學說德語。

☑ **Hervir**
沸騰

▶ ¡Echa las verduras cuando hierva la sopa!
湯煮開的時候，把蔬菜放進湯裡。

☑ **Freír**
煎、炸

▶ Tardaba tres minutos en freír las patatas.
我花了三分鐘來炸馬鈴薯。

☑ **Cocer**
煮

▶ ¡Vaya a cocer unos huevos!
去煮幾個蛋吧！

☑ **Costar**
價值

▶ Este coche me costó mucho dinero.
這部車花了我很多錢。

☑ **Cobrar**
收錢

▶ ¡Me cobra por favor!
請算帳。

☑ **Gastar**
花費

▶ He gastado mucho dinero en comprar libros.
我買書花了不少錢。

☑ **Respetar**
尊敬、尊重

▶ Respeto tus decisiones.
我尊重你的決定。

☑ Apoyar
支持、依靠

▶ Mi familia siempre me apoya.

我的家人總是支持我。

☑ Adorar
崇拜、仰慕

▶ Adoro su valentía.

我仰慕他的勇氣。

☑ Admitir
承認

▶ Nunca admite sus errores.

他從不承認錯誤。

☑ Acostumbrarse
習慣

▶ Me he acostumbrado a este calor.

我已經習慣這麼熱了。

☑ Elegir
選擇

▶ Tienes que elegir entre el amor y el trabajo.

你必須在愛情及事業間選擇。

☑ Reducir
減少、降低

▶ Hay que reducir la contaminación.

必須減少污染。

☑ **Permitir**
准許

▶ ¡Permítame ayudarle!
請准許我幫助您。

☑ **Prometer**
承諾、保證

▶ Te prometo guardar tu secreto.
我保證會守住你的祕密。

☑ **Perdonar**
原諒

▶ ¡Perdóneme si le molesto!
如果我打擾您了請原諒。

☑ **Girar**
轉彎

▶ ¡Gira a la derecha en la próxima esquina!
在下個轉角右轉。

☑ **Esperar**
等

▶ Espero a mi novia.
我等我女朋友。

☑ **Mostrar**
展示，給…看

▶ ¡Muéstrame el pasaporte, por favor!
請給我看你的護照。

☑ **Ver**
看

▶ El está viendo la tele.
他正在看電視。

☑ **Descansar**
休息

▶ El tenía una gripe y descansaba en casa.
他感冒了在家休息。

☑ **Llamar**
叫

▶ Te llama el profesor.
老師叫你。

☑ **Llamarse**
叫做

▶ Me llamo María.
我叫瑪麗亞。

☑ **Leer**
閱讀

▶ Leo periódicos en la bibilioteca.
我在圖書館看報紙。

☑ **Lograr**
獲得、終於到達

▶ He logrado terminar el trabajo.
我終於完成工作了。

MP3-34

☑ **Viajar**
旅行

▶ Viajaremos por Hawai.
我們將到夏威夷旅行。

☑ **Practicar**
練習

▶ Practico a jugar al baloncesto.
我練習打籃球。

☑ **Separar**
分開

▶ Separa la yema del huevo.
他把蛋黃從蛋裡分出來。

☑ **Añadir**
加上

▶ Quiero añadir más salsa.
我想要多加點醬料。

☑ **Notar**
注意到、察覺到

▶ El no notó la diferencia.
他沒發現有何不同。

☑ **Negar**
否認

▶ Niega que haya tal cosa.
他否認有這樣的事。

☑ **Prohibir**
禁止

▸ ¡Se prohibe entrar!
禁止進入。

☑ **Quedar**
剩下

▸ Queda poco arroz.
沒剩多少米了。

☑ **Quemar**
燙、燒

▸ El agua caliente me quemó.
我被熱水燙到了。

☑ **Quejarse**
抱怨、呻吟

▸ Se queja mucho de su trabajo.
他對工作有很多怨言。

☑ **Conocer**
認識

▸ No conozco al Sr. presidente.
我不認識總統先生。

☑ **Saber**
知道

▸ No lo sé.
我不知道。

☐ **Importar**
感到重要

▶ Pase lo que pase, no me importa.

無論發生什麼事我都無所謂。

☐ **Ver**
看見

▶ He visto a María en el parque.

我剛剛在公園看到瑪麗亞。

☐ **Presentar**
介紹

▶ Te presento a la señorita López.

我為你介紹羅培茲小姐。

☐ **Ahorrar**
存

▶ Ahorro para comprar una casa.

我在存錢買房子。

☐ **Despertar**
喚醒

▶ Esta mañana me despertó un perro a las cinco.

今天早上五點我被一隻狗吵醒。

☐ **Despedirse**
告別

▶ Se despidió de su novio llorando.

她哭著向她男朋友告別。

☑ Divertirse
娛樂

▶ Me he divertido mucho de este libro.
從這本書裡我得到很大的樂趣。

☑ Funcionar
運作

▶ No funciona esta máquina.
這架機器不動了。

☑ Ganar
賺取、得到

▶ Gana mucho dinero.
他賺了很多錢。

☑ Parecerse
相像

▶ Este niño se parece mucho a sus padres.
這個小孩很像他的父母。

☑ Aparecer
出現

▶ El gato apareció de repente.
那隻貓忽然出現。

☑ Parecer
認為

▶ ¿Qué te parece?
你認為怎樣？

☑ **Apetecer**
想（吃、喝...）

▶ ¿Te apetece un café?
你想來杯咖啡嗎？

☑ **Aburrir**
使無聊

▶ Esta película me aburrió mucho.
這部電影很無聊。

☑ **Excitar**
興奮、刺激

▶ Este plato me excita el apetito.
這道菜讓我很開胃。

☑ **Satisfacer**
滿足

▶ Tenemos que satisfacer las necesidades del cliente.
我們必須滿足客戶的要求。

☑ **Guardar**
保存

▶ Guardo la fruta en la nevera.
我把水果冰在冰箱裡。

☑ **Cuidar**
照顧

▶ La madre cuida a su niño con toda atención.
這位母親全心照顧她的小孩。

☑ **Besar**
親吻

▶ Los novios se besan en la boda.
新人在婚禮中親吻。

☑ **Abrazar**
擁抱

▶ El niño abraza a su madre.
小孩抱著媽媽。

🔘 MP3-35

☑ **Aceptar**
接受

▶ No acepto esta respuesta.
我不接受這個答案。

☑ **Faltar**
缺少

▶ Me faltan unas palabras para terminar este trabajo.
我只差幾個字就結束這件工作了。

☑ **Llenar**
填滿

▶ El niño llenó su bolsillo con los caramelos.
那個孩子在口袋裡塞滿糖果。

☑ **Limitar**
限制

▶ Su carácter limita su posibilidad.
他的個性限制了他的可能性。

☑ **Bañarse**
洗澡

▶ Se levantó, se bañó, y se fue.
他起床、洗澡、然後出門。

☑ **Cumplir**
完成

▶ He cumplido mis tareas.
我已經完成任務了。

☑ **Seguir**
跟隨、繼續

▶ ¡Siga todo recto!
一直往前走。

☑ **Sobrevivir**
倖存

▶ El niño sobrevivió del accidente por milagro.
那個小孩奇蹟式的在事故中倖存下來。

☑ **Cruzar**
穿越

▶ El niño no puede cruzar la calle sólo.
小孩不會自己過馬路。

☑ **Callarse**
沈默

▶ ¡Cállate!
你閉嘴！

☐ **Crecer**
生長

▶ El actor creció en un pueblo pequeño.
那個演員是在一個小村子長大的。

☐ **Cubrir**
覆蓋

▶ La madre cubrió su niño dormido con su abrigo.
那位母親用大衣蓋住她熟睡的小孩。

☐ **Descubrir**
發現

▶ Colón descubrió América en el año 1492.
哥倫布在一四九二年發現新大陸。

☐ **Distinguir**
分辨

▶ Nadie puede distinguir las hermanas gemelas una de la otra.
沒人能分清楚這對雙胞胎姊妹。

☐ **Producir**
生產

▶ Se produce vino en España.
西班牙生產葡萄酒。

☐ **Manejar**
控制、處理

▶ Mi papá maneja bien la máquina.
我父親很熟練地操作機器。

☑ **Asustar**
驚嚇

▶ ¡Me asustaste!
你嚇我一跳！

☑ **Atrasar**
延後

▶ El concierto va atrasado por la lluvia.
音樂會因下雨而延期。

☑ **Amanecer**
天亮

▶ Amanece más temprano en verano.
夏天比較早天亮。

☑ **Mantener**
維持、保持

▶ Hay que mantener el silencio en el aula.
在教室裡要保持安靜。

☑ **Robar**
偷、搶

▶ ¡Socorro, me han robado!
救命啊，我被搶了！

☑ **Sonar**
響

▶ A lo lejos suenan las campanadas.
遠方響起了鐘聲。

☑ **Sorprender**
使驚訝

▶ La noticia le sorprendió mucho a ella.
那個消息使她大吃一驚。

☑ **Saltar**
跳躍

▶ El niño está saltando con alegría.
小孩高興的跳起來。

☑ **Soltar**
放開

▶ ¡Suéltame!
放開我！

☑ **Solicitar**
請求、徵求

▶ Voy a solicitar opiniones de mi profesor.
我要去徵求老師的意見。

 MP3-36

☑ **Soportar**
支撐、忍受

▶ No puedo soportar este olor.
我受不了這個味道。

☑ **Soplar**
吹

▶ El niño sopló las velas.
小孩吹熄了蠟燭。

☐ **Suponer**
猜想、假定

▶ Supongo que llegará pronto.
我想他就快到了。

☐ **Tratar**
對待

▶ Su marido la trata mal.
她丈夫對她很壞。

☐ **Pensar**
想

▶ ¿En qué piensas tú?
你在想什麼？

☐ **Considerar**
考慮

▶ He considerado mucho.
我考慮了很多。

☐ **Soñar**
作夢

▶ Soñaba contigo todas las noches.
我每天晚上都夢見你。

☐ **Participar en**
參加

▶ Todas las empresas quieren participar en este negocio.
所有公司都想參與這筆生意。

☑ **Perder**
失去

▶ Perdió su vida en un accidente.
他在意外中喪生。

☑ **Amar**
愛

▶ Te amo.
我愛你。

☑ **Querer**
喜歡、想要

▶ Te quiero.
我喜歡你。

☑ **Odiar**
恨

▶ Te odio de muerte.
我恨死你了。

☑ **Gustar**
使喜歡

▶ Me gustas.
我喜歡你。

☑ **Interesar**
使感興趣

▶ Me interesa mucho esta noticia.
我對這個消息很感興趣。

☐ **Encantar**
使高興

▶ Me encanta conocerte.
很高興認識你。

☐ **Fastidiar**
使厭煩

▶ Nos fastidia el ruido.
噪音讓我們覺得很煩。

☑ **Mío**(míos, mía, mías), **mi**
我的

▶ Estos son míos.
這些是我的。

☑ **Tuyo**(tuyos, tuya, tuyas), **tu**
你的

▶ Los tuyos están allí.
你的在那裡。

☑ **Suyo**(suyos, suya, suyas), **su**
他的、他們的

▶ Esta muchacha es su hermana.
這個女孩是他的姊妹。

☑ **Nuestro**
(nuestros, nuestra, nuestras)
我們的

▶ Esta noche tenemos una fiesta en nuestra casa.
今天晚上在我們家有聚會。

☑ **Vuestro**(vuestros, vuestra, vuestras)
你們的

▶ Vuestros hijos son inteligentes.
你們的孩子真聰明。

☑ **Bueno**(buenos, buena, buenas)
好的

▶ Hace buen tiempo.
天氣很好。

☑ **Malo**(malos, mala, malas)
壞的、不好的

▶ ¡Qué mala suerte!
運氣真差！

☑ **Mejor**
比較好的

▶ La calidad de este café es mejor que la de aquél.
這種咖啡的品質比那種好。

☑ **Peor**
比較差的

▶ Ya no hay nada peor que eso.
沒有比這更糟的了。

☑ **Pésimo**
極差的

▶ Compré un pésimo coche de segunda mano.
我買了一輛非常差的二手車。

☑ **Primer, primero**
(primeros, primera, primeras)
第一的

▶ ¡Siéntese en la premera fila!
請坐在第一排。

☑ **Segundo**
(segundos, segunda,
segundas)
第二的

▶ Se vende ropa de segunda mano.
賣二手衣。

☑ **Tercer, tercero**
(terceros,tercera,
terceras)
第三的

▶ La tercera casa a la izquierda es la mía.
左邊第三棟房子是我家。

☑ **Cuarto** (cuartos,
cuarta, cuartas)
第四的

▶ Es el cuarto en la fila.
他排第四個。

☑ **Quinto** (quintos,
quinta, quintas)
第五的

▶ La Quinta Avenida
第五大道。

☑ **Sexto** (sextos,
sexta, sextas)
第六的

▶ El sexto día de la semana es viernes.
一週的第六天是星期五。

☑ **Séptimo**
(séptimos, séptima,
séptimas)
第七的

▶ En el séptimo día va a decidirlo.
第七天他將做出決定。

☑ **Azul**
藍色的

▶ El mar es azul.
海是藍的。

☑ **Rojo**
紅色的

▶ Se pone rojo.
他臉紅了。

☑ **Brillante**
明亮的

▶ Amarillo es un color brillante.
黃色是很明亮的顏色。

☑ **Rico**
有錢的、富有的

▶ Por muy rico que sea aquel millonario, es infeliz.
就算再有錢，那個百萬富翁也不幸福。

☑ **Pobre**
貧窮的、可憐的

▶ La vida de esta familia es muy pobre.
這個家庭的生活很貧窮。

☑ **Nuevo**
新的

▶ Compró un coche nuevo.
他買了輛新車。

☑ **Viejo**
老的、舊的

▶ Las costumbres viejas pasan hasta ahora.
舊有的習俗一直流傳到現在。

☑ **Antiguo**
古老的

▶ Visitamos un castillo antiguo.
我們參觀一座古老的城堡。

💿 MP3-38

☑ **Bonito**
漂亮的

▶ ¡Qué bonito!
真漂亮啊！

☑ **Feo**
醜的

▶ Un animal feo
醜陋的動物。

☑ **Peligroso**
危險

▶ ¡No juegues aquí!, es muy peligroso.
別在這裡玩，很危險。

☑ **Valiente**
勇敢的

▶ Los soldados son muy valientes.
士兵們很勇敢。

☑ **Ocupado**
忙碌的

▶ Estoy siempre muy ocupado.
我總是很忙碌。

☑ **Doloroso**
痛苦的

▶ Es una decisión dolorosa.
這是個痛苦的決定。

☑ **Bello**
美好的、美麗的

▶ ¡Qué bella es la vida!
人生真美好！

☑ **Delicioso**
好吃的

▶ Esta sopa está deliciosa.
這湯很好喝。

☑ **Contento**
高興的

▶ El se puso contento al saber la buena noticia.
他聽到好消息很高興。

☑ **Gran, grande**
大的、偉大的

▶ A él le gusta leer las autobiografías de los grandes personas.
他喜歡閱讀偉人的自傳。

☑ **Mucho**
多的

▶ Hay mucha gente en los grandes almacenes.
百貨公司人很多。

☑ **Gracioso**
好笑的、滑稽的

▶ Aquella ropa es muy graciosa.
那件衣服很好笑。

☑ **Horrible**
可怕的

▶ Pasó algo horrible.
有可怕的事情發生了。

☑ **Honesto**
有禮貌的、謙虛的

▶ Este muchacho es muy honesto.
這個男孩很有禮貌。

☑ **Pesado**
重的

▶ Puedes dejarle los cargos pesados.
你可以把重的行李交給他。

☑ **Interesante**
有趣的

▶ ¿Es este drama interesante?
這齣戲有趣嗎？

☑ **Inteligente**
聰明的

▶ Es una desición inteligente.
這是個明智的選擇。

☑ **Corriente**
平常的、尋常的

▶ Este estilo es corriente, no hay nada de particular.
這個樣式很平常,沒什麼特別的。

☑ **Especial**
特別的

▶ Ella es una mujer especial.
她是個很特別的女人。

☑ **Duro**
硬的、艱難的

▶ Tiene la cabeza dura.
他很死腦筋。

☑ **Directo**
直接的

▶ Necesito una solución directa.
我需要一個直接的解決方法。

☑ **Distinguido**
卓越的、尊貴的

▶ El Señor presidente es nuestro huésped distinguido.
總統先生是我們的貴賓。

☑ Concreto
確實的、確切的

▶ Esa es una noticia concreta.
那是個確切的消息。

☑ Triste
難過的、悲傷的

▶ Me siento muy triste al leer las noticias de la catástrofe.
我讀到災難的報導覺得很難過。

 MP3-39

☑ Ligero
輕的

▶ La maleta es muy ligera.
這個行李很輕。

☑ Mono
可愛的

▶ Ella tiene una niña muy mona.
她有個很可愛的女兒。

☑ Amarillo
黃色的

▶ La mujer de amarillo es la señora López.
那位穿黃衣服的女士是羅培茲夫人。

☑ Sucio
骯髒的

▶ No juegues en este río sucio.
別在這條骯髒的河中玩耍。

☑ **Limpio**
乾淨的

▶ La casa es muy limpia.
房子很乾淨。

☑ **Serio**
嚴肅的、嚴重的

▶ El profesor es muy serio.
教授很嚴肅。

☑ **Orgulloso**
驕傲的

▶ El padre está orgulloso por su hijo.
父親為兒子而驕傲。

☑ **Agradable**
愉快的

▶ Pasamos una noche agradable en su casa.
我們在他家度過愉快的夜晚。

☑ **Desagradable**
令人不快的

▶ El olor de basura es muy desagradable.
垃圾的味道很難聞。

☑ **Oloroso**
氣味很重的

▶ No me gusta la cebolla porque es muy olorosa.
我不喜歡洋蔥因為它味道很重。

☑ **Enojado**
惱怒的、生氣的

▶ El está enojado por haber perdido el juego.
他輸了比賽很惱怒。

☑ **Negro**
黑的

▶ Ella tiene un gato negro.
她有一隻黑貓。

☑ **Detallado**
仔細的

▶ ¡Dame explicaciones más detalladas!
解釋的更仔細點。

☑ **Fuerte**
濃烈的

▶ Tomo un café fuerte cada mañana.
我每天早晨都喝濃咖啡。

☑ **Pequeño**
小的

▶ ¡Corta el ajo en pedazos pequeños!
把大蒜切小塊一些。

☑ **Terrible**
可怕的

▶ Este programa es terrible.
這個節目糟透了。

☑ **Solo/a**
寂寞、孤獨的

▶ Me sentiré sola si tú no estás.

你要是不在我會寂寞的。

☑ **Frío**
冷的

▶ La habitación está fría, enciende la calefacción.

房間很冷，把暖氣打開。

☑ **Lleno**
滿的

▶ Esta caja está llena de papeles.

箱子裡裝滿了紙張。

☑ **Vacío**
空的

▶ Este vaso está vacío.

這個杯子是空的。

☑ **Cuadrado**
正方的

▶ Ese hombre tiene la cara cuadrada.

那個男人有張方臉。

☑ **Amargo**
苦的

▶ Me gusta el té amargo.

我喜歡苦苦的茶。

☑ **Picante**
辣的

▸ Me gusta el chorizo picante.
我喜歡辣香腸。

☑ **Acido**
酸的

▸ Esta naranja es ácida.
這個柳橙很酸。

☑ **Salado**
鹹的

▸ Esta sopa está salada.
這個湯是鹹的。

☑ **Dulce**
甜的

▸ Me encantan los dulces.
我愛甜食。

☑ **Poco**
少的

▸ Lloeve poco recientemente.
最近很少下雨。

 MP3-40

☑ **Fresco**
清新的，清爽的

▸ El aire es fresco en otoño.
秋天的空氣很清新。

☑ **Exelente**
出色的、極好的

▶ ¡Excelente trabajo!
做得太好了！

☑ **Mentiroso**
愛說謊的

▶ El es un hombre mentiroso.
他是個愛說謊的人。

☑ **Estrecho**
狹窄的

▶ No me gustan los lugares estrechos.
我不喜歡窄小的地方。

☑ **Alto**
高（身高、價格…）

▶ El precio de los coches importados es muy alto.
進口車的價位很高。

☑ **Correcto**
正確的

▶ Elije la respuesta correcta.
選出正確的答案。

☑ **Incorrecto**
不正確的

▶ Perdió todo su dinero por una decisión incorrecta.
他因為一個錯誤的選擇而失去所有錢。

☑ **Alegre**
愉快的

▶ Pasamos una noche alegre.
我們度過了一個愉快的晚上。

☑ **Amable**
友善的

▶ ¡Muchas gracias! Eres muy amable.
謝謝，你真和善。

☑ **Cerca**
近的

▶ Está muy cerca de la estación.
離車站很近。

☑ **Aburrido**
無聊的

▶ Esta película es muy aburrida.
這部電影很無聊。

☑ **Fuerte**
堅強的，強壯的

▶ Es una mujer fuerte.
他是個堅強的女性。

☑ **Inolvidable**
難忘的

▶ Es una experiencia inolvidable.
這是一個難忘的經驗。

☐ **Lejos**
遠的

▶ La biblioteca está lejos de aquí.
圖書館離這裡很遠。

☐ **Largo**
長的

▶ ¡Tráigame un palo largo!
給我拿根長棍子來。

☐ **Nostálgico**
懷舊的、懷念的

▶ Esta es una canción nostálgica.
這是一首懷舊的歌。

☐ **Principal**
主要的

▶ Nos vemos en la puerta principal.
我們在大門口見!

☐ **Odioso**
討厭的、可恨的

▶ ¡Qué lluvia más odiosa!
多討厭的雨啊!

☐ **Grave**
嚴重的、激烈的

▶ Empezaron una discusión grave.
他們開始一場激烈的辯論。

☑ **Satisfecho**
滿意的

▶ El jefe está satisfecho con su trabajo.
老闆對他的工作很滿意。

☑ **Vergonzoso**
害羞的、可恥的

▶ Se siente muy vergonzoso delante de la gente.
在人前他覺得很害羞。

☑ **Furioso**
強烈的、狂怒的

▶ El viento es furioso.
風勢很強烈。

☑ **Bajo**
矮的

▶ Soy más bajo que él.
我比他矮。

☑ **Mismo**
一樣的

▶ Ellas tienen la misma altura.
她們身高一樣高。

☑ **Semejante**
相似的

▶ Tenemos intereses semejantes.
我們的興趣很相似。

☑ **Diferente**
不一樣

▶ El hablar y el trabajar son muy diferentes.
說跟做不同。

🔘 MP3-41

☑ **Ancho**
寬敞的

▶ Los niños juegan en el jardín ancho.
孩子們在寬敞的花園中遊玩。

☑ **Deseoso**
想要的

▶ Está deseoso de tener una casa y un coche.
他又想要房子又想要車。

☑ **Fino**
細的

▶ La chica tiene la cintura fina.
那個女孩腰很細。

☑ **Tonto**
愚蠢的

▶ Hice una cosa tonta.
我幹了件蠢事。

☑ **Corto**
短的

▶ Tiene las piernas cortas.
他的腿很短。

☑ **Responsable**
有責任的、負責的

▶ El dictador es responsable de la matanza.
獨裁者對大屠殺有責任。

☑ **Culpable**
有罪的、有錯的

▶ No soy la culpable.
犯錯的不是我。

☑ **Húmedo**
潮濕的

▶ El aire es muy húmedo.
空氣很潮濕。

☑ **Difícil**
難的

▶ Estos ejercicios matemáticos son muy difíciles.
這些數學習題很難。

☑ **Raro**
稀奇的

▶ Vuela una mariposa de especie rara.
有一隻品種珍奇的蝴蝶在飛。

☑ **Extraño**
奇怪

▶ ¡Qué extraño que no te lo haya contado!
他沒跟你說真是奇怪。

☑ **Final**
最後的

▶ Has entrado en el curso final.
你已經進入最後一局。

☑ **Feliz**
幸福的

▶ ¡Qué feliz que hayas aprobado el examen!
可喜可賀你已經通過了測驗。

☑ **Débil**
脆弱

▶ La muchacha es muy débil.
這女孩身體很虛弱。

☑ **Independiente**
獨立的

▶ La muchacha es muy independiente.
那個女孩很獨立。

☑ **Fiel**
忠實的

▶ El es un marido fiel.
他是個忠實的丈夫。

☑ **Infiel**
不忠實的

▶ La mujer es infiel a su marido.
那個女人對她丈夫不忠實。

☑ **Ruidoso**
吵雜的

▶ La moto es muy ruidosa.
機車很吵。

☑ **Tierno**
溫柔的

▶ Ella es una muchacha tierna.
她是個很溫柔的女孩。

☑ **Franco**
坦白的、直率的

▶ Ella es franca de carácter .
她的個性很直爽。

☑ **Fácil**
簡單

▶ Esta pregunta es muy fácil.
這個問題很簡單。

☑ **Barato**
便宜的

▶ Busco aparatos electrónicos baratos.
我在尋找便宜的電器。

☑ **Joven**
年輕的

▶ Los hombres que vienen son muy jóvenes.
來的都是年輕人。

☑ **Aceptable**
可以接受的

▶ Esta respuesta no es aceptable.

這樣的答案是無法接受的。

☑ **Razonable**
合理的

▶ Dame un pretexto razonable.

給我一個合理的藉口。

☑ **Moreno**
深色的

▶ La gitana tiene la piel morena.

那個吉普賽人的皮膚是深色的。

☑ **Cómodo**
舒適的

▶ El ambiente de esta cafetería está muy cómodo.

這間咖啡廳的環境很舒適。

☑ **Incómodo**
不舒適的

▶ Estoy incómodo en este asiento.

我坐這個位置很不舒服。

 MP3-42

☑ **Simple**
單純的、簡單的

▶ Es un problema simple.

這是個很單純的問題。

☑ Sencillo
單一的、樸素的

▶ Quiero un vestido que sea sencillo.
我要一件樸素的衣服。

☑ Sincero
誠摯的

▶ Le doy mi sincero agradecimiento.
我向您致上誠摯的謝意。

☑ Singular
單一的、僅有的

▶ Este es un caso singular.
這是僅有的案例。

☑ Moderno
現代的

▶ La clínica del Doctor López es muy moderna.
羅培茲醫生的診所很現代化。

☑ Enfadado
生氣的

▶ El padre está enfadado con su hijo.
父親在生兒子的氣。

☑ Enfermo
生病的

▶ No puedo ir a trabajar porque estoy enfermo.
我生病了不能去上班。

☐ **Sano**
健康的

▶ Debemos comer más la alimentación sana.
我們應該多吃有益健康的食物。

☐ **Libre**
自由的

▶ Estoy libre como el mar.
我像大海一樣自由。

☐ **Nervioso**
緊張的

▶ Estoy nervioso por los exámenes.
要考試了我很緊張。

☐ **Harto**
夠了

▶ ¡Estoy harto de mi trabajo!
我受夠我的工作了。

☐ **Popular**
受歡迎的

▶ Esta novela es muy popular.
這本小說很受歡迎。

☐ **Claro**
淺色的、明亮的

▶ Le gustan los colores claros.
他喜歡淺色。

☑ Oscuro
暗色的，黑暗的

▶ En la noche oscura nadie sale a la calle.
在黑暗的夜裡沒人上街。

☐ Igual
一樣的

▶ Los estudiantes llevan el vestido igual.
學生們都穿著一樣的衣服。

☑ Precioso
很美麗的

▶ El paisaje es precioso.
風景很美麗。

☐ Seguro
肯定的

▶ Estoy seguro de que me engañan.
我很確定他們騙我。

☑ Ciego
瞎的、盲目的

▶ Es ciego para los defectos de sus hijos.
對於子女們的缺點他是認識不清的。

☐ Lento
慢的

▶ El suele comer muy lento.
他吃東西習慣慢慢吃。

☑ **Rápido**
快的

▶ El anda rápido.
他走得很快。

☑ **Respetable**
值得尊敬的。

▶ Este señor es un profesor
respetable.
這位先生是一位值得尊敬的教授。

☑ **Varios**
多種的

▶ En esta tienda se vende ropa
de varios estilos.
這家店賣多種樣式的衣服。

☑ **Caliente**
熱的

▶ Quiero té caliente.
我要一杯熱茶。

☑ **Posible**
可能的

▶ Es posible que no sepa de
eso todavía.
他可能還不知道。

☑ **Imposible**
不可能的

▶ Es imposible que lo haya
hecho él.
不可能是他做的。

☑ **Util**
有用的

▶ Este libro es muy útil para aprender español.

這本書對學習西班牙文很有用。

☑ **Inútil**
沒用的

▶ Es inútil que sigamos hablando.

我們再說下去也沒用。

☑ **Unido**
聯合的、結合的

▶ Organización de las Naciones Unidas.

聯合國。

 MP3-43

☑ **Falso**
假的

▶ Los políticos dieron falsas noticias a la prensa.

政客放假新聞給媒體。

☑ **Verdadero**
真正的

▶ Los amigos verdaderos no te abandonan en peligro.

真正的朋友不會棄你於危險之中。

☑ **Típico**
獨特的、有特色的

▶ Las tapas son típicas de España.

Tapas 是西班牙獨特的食物。

☑ **Elegante**
優雅的

▶ Ella tiene un vestido muy elegante.
她有一件很優雅的禮服。

☑ **Mayor**
比較大的

▶ Mi hermano es mayor que Juan.
我哥哥比胡安大。

☑ **Menor**
比較小的

▶ Soy la menor de la familia.
我是家裡最小的。

☑ **Famoso**
有名的

▶ Alejandro Sanz es un cantante muy famoso.
亞列韓德羅桑斯是一個有名的歌手。

☑ **Fantástico**
神奇的、難以置信的

▶ Esta es una oportunidad fantástica.
這是個難得的好機會。

☑ **Cubierta**
覆蓋的

▶ La mesa está cubierta de papeles.
桌子上全是紙。

☐ **Educado**
有教養的

▶ Este señor es muy bien educado.
這位先生很有教養。

☐ **Vivo**
活的，鮮明的

▶ ¡Está todavía vivo!
他還活著！

☐ **Muerto**
死了的

▶ Estoy muerto de risa.
我快笑死了。

☐ **Callado**
安靜的、沈默的

▶ Los estudiantes están callados en la clase.
學生上課的時候很安靜。

☐ **Gordo**
胖的

▶ El bebé tiene las manos gordas.
小嬰兒有雙胖胖的小手。

☐ **Hermoso**
豐滿美麗的

▶ Una mujer hermosa
一位美麗的女人。

☑ **Delgado**
纖瘦的

▶ La mujer es muy delgada.
那個女人很苗條。

☑ **Flaco**
乾瘦的

▶ La enferma está flaca.
病人很瘦。

☑ **Próximo**
下一個

▶ La próxima semana
下週。

MP3-44

☑ **Por**
因為、由於、被

▶ Lo hice por amistad.
我是為了友情這麼做的。

☑ **Para**
為了

▶ Trabajamos para vivir, no vivimos para trabajar.
我們為生活而工作，而不是為工作而生活。

☑ **A**
到、往、由於

▶ Voy a España para estudiar.
我去西班牙是為了唸書。

☑ **Con**
和

▶ Todos los días voy a la clase con mis amigas.
我每天跟我朋友一起去上學。

☑ **De**
的

▶ La chaqueta de María está mojada.
瑪莉亞的外套濕了。

☑ **En**
在 ... 裡面

▶ No quiero meterme en este asunto.
我不想干涉這件事。

☑ **Hasta**
直到

▶ Hasta la próxima.
下次見。

☑ **Entre**
在 ... 之間

▶ Tienes que decidir entre el amor y el dinero.
你必須在愛情與金錢之間做抉擇。

☑ **Contra**
相反、反對

▶ Lo hice contra mi voluntad.
我是不得以才這麼做的。

國家圖書館出版品預行編目資料

躺著背西班牙語單字1000(增訂版) / 陳依僑, Felipe
Gei合著. -- 新北市：哈福企業, 2023.12
　面；　公分. -- (西班牙語系列；10)

ISBN 978-626-97850-2-5 (平裝)

1.CST: 西班牙語　　2.CST: 詞彙

804.72

免費下載QR Code音檔
行動學習，即刷即聽

躺著背西班牙語單字1000
(附QR碼線上音檔)

合著／陳依僑, Felipe Gei
責任編輯／黃美玲
封面設計／李秀英
內文排版／林樂娟
出版者／哈福企業有限公司
地址／新北市淡水區民族路 110 巷 38 弄 7 號
電話／ (02) 2808-4587
傳真／ (02) 2808-6545
郵政劃撥／ 31598840
戶名／哈福企業有限公司
出版日期／ 2023 年 12 月
台幣定價／ 329 元 (附線上 MP3)
港幣定價／ 110 元 (附線上 MP3)
封面內文圖 / 取材自 Shutterstock

全球華文國際市場總代理／采舍國際有限公司
地址／新北市中和區中山路 2 段 366 巷 10 號 3 樓
電話／ (02) 8245-8786 傳真／ (02) 8245-8718
網址／ www.silkbook.com 新絲路華文網

香港澳門總經銷／和平圖書有限公司
地址／香港柴灣嘉業街 12 號百樂門大廈 17 樓
電話／ (852) 2804-6687
傳真／ (852) 2804-6409

email ／ welike8686@Gmail.com
facebook ／ Haa-net 哈福網路商城
Copyright ©2023 Haward Co., Ltd.
All Right Reserved.
Original Copyright ©Dali&3S Culture Co., Ltd.
* 本書提及的註冊商標，屬於登記註冊公司所有
特此聲明，謹此致謝！

哈福

哈福

哈福